Fabian Lenk

1000 Gefahren für den Bodyguard

In der Reihe „1000 Gefahren“ sind erschienen:

RTB 52340 · Edward Packard, *Die Insel der 1000 Gefahren*
RTB 52344 · R. A. Montgomery, *Der Urwald der 1000 Gefahren*
RTB 52345 · Fabian Lenk, *Das Meer der 1000 Gefahren*
RTB 52346 · Fabian Lenk, *Die Pyramide der 1000 Gefahren*
RTB 52361 · Fabian Lenk, *Das Fußballspiel der 1000 Gefahren*
RTB 52363 · Fabian Lenk, *Die Wüste der 1000 Gefahren*
RTB 52396 · Fabian Lenk, *1000 Gefahren auf dem Piratenschiff*
RTB 52397 · Edward Packard, *1000 Gefahren im Strafraum*
RTB 52407 · Fabian Lenk, *1000 Gefahren im Gruselschloss*
RTB 52437 · Frank Stieper, *1000 Gefahren im Internet*
RTB 52463 · Fabian Lenk, *1000 Gefahren in der Drachenhöhle*
RTB 52474 · Fabian Lenk, *1000 Gefahren bei den Rittern der Tafelrunde*
RTB 52475 · Edward Packard, *1000 Gefahren am Katastrophentag*
RTB 52498 · Fabian Lenk, *1000 Gefahren im alten Rom*
RTB 52501 · Fabian Lenk, *1000 Gefahren im Reich des Pharao*
RTB 52516 · Fabian Lenk, *1000 Gefahren im Fußballstadion*
RTB 52526 · Fabian Lenk, *1000 Gefahren bei den Dinosauriern*
RTB 52541 · Fabian Lenk, *1000 Gefahren bei den Indianern*
RTB 52549 · Fabian Lenk, *Das Handy der 1000 Gefahren*
RTB 52550 · Fabian Lenk, *Die Safari der 1000 Gefahren*
RTB 52555 · Fabian Lenk, *Agent der 1000 Gefahren*
RTB 52556 · Fabian Lenk, *1000 Gefahren in den USA*
RTB 52567 · Fabian Lenk, *1000 Gefahren in der Wildnis*
RTB 52571 · Fabian Lenk, *Die Mannschaft der 1000 Gefahren*
RTB 52572 · Fabian Lenk, *Konsole der 1000 Gefahren*
RTB 52579 · Fabian Lenk, *1000 Gefahren auf dem Mars*
RTB 52590 · Fabian Lenk, *1000 Gefahren in der versunkenen Stadt*
RTB 52591 · Fabian Lenk, *1000 Gefahren in der Schule des Schreckens*
RTB 52592 · Fabian Lenk, *Fußballpokal der 1000 Gefahren*
RTB 52598 · Fabian Lenk, *Das Laserschwert der 1000 Gefahren*
RTB 52607 · Fabian Lenk, *Der Superheld der 1000 Gefahren*
RTB 52617 · Fabian Lenk, *Die App der 1000 Gefahren*
RTB 52625 · Fabian Lenk, *Die Drohne der 1000 Gefahren*

Fabian Lenk

1000 GEFAHREN
DU ENTSCHEIDEST SELBST!

1000 Gefahren für den Bodyguard

Mit Illustrationen von Stefani Kampmann

Ravensburger

MIX
Papier aus verantwortungsvollen Quellen
FSC® C111262

1 3 5 4 2

Als Ravensburger Taschenbuch
Band 52000
erschienen 2021

Text: Fabian Lenk
Cover- und Innenillustrationen: Stefani Kampmann

Postfach 2460
88194 Ravensburg

Printed in Germany

ISBN 978-3-473-52000-8

www.ravensburger.de

WARNUNG!

Lies dieses Buch nicht in einem Zug von vorne bis hinten durch. Es enthält verschiedene Abenteuer, die du als Bodyguard erleben kannst. Oft darfst du beim Lesen zwischen mehreren Möglichkeiten wählen. Es ist wichtig, dass du kluge Entscheidungen triffst, denn die Sicherheit deiner Klienten hängt ganz allein von dir ab. Ob Menschen, Tiere oder unschätzbar wertvolle Dinoknochen – für ihren Schutz riskierst du dein Leben. Aber Vorsicht: An jeder Ecke lauern geldgierige Gangster, die vor keinem Hindernis zurückschrecken. Auch nicht vor dir. Also überlege dir genau, welchen Schritt du als nächsten machst …

Viel Glück!

Heute wird's spannend. Der Boss hat dich und die anderen Bodyguards seiner Firma *People Protect* in den Konferenzsaal gebeten. Es geht um die neuen Aufträge: Wer von euch soll wen beschützen?

Bei euren Kunden handelt es sich zumeist um Promis, die viel Kohle haben – und ebenso viel Angst. Nämlich davor, wegen ihres Geldes entführt zu werden.

Genau das sollen Leute wie du verhindern. Du bist Ron, der Jüngste im Team von *People Protect*. Du beherrschst mehrere Kampfsportarten und kannst gut mit Waffen umgehen. Zugleich bist du ruhig, fokussiert und diskret.

Aber mit deinen siebzehn Jahren bist du als Bodyguard noch ein Anfänger. Das lassen dich die älteren Kollegen auch manchmal spüren. Cosway zum Beispiel, der dich immer von oben herab behandelt, als hätte man dich gerade erst vom Schnuller entwöhnt. Er sitzt dir am Konferenztisch direkt gegenüber und spielt betont gelangweilt mit seinem Kugelschreiber.

Zehn weitere Kollegen sind da. Nur der Boss fehlt noch. Parker, ein Mann wie eine Naturgewalt. Zwei Meter groß, hundertfünfzig Kilo schwer.

Jetzt fliegt die Tür auf, und er fegt herein. Unwillkürlich richtet ihr euch alle auf. Sogar Cosway.

„Morgen“, grüßt Parker knapp.

„Morgen“, schallt es ihm im Chor entgegen.

„Männer, wir haben eine Menge zu tun ...“, beginnt Parker.

LIES WEITER AUF SEITE 57

8

Du wartest, bis ihr auf einer geraden Straße ohne Kurven seid. Sonst ist weit und breit kein anderes Auto zu sehen.
Okay, dann wollen wir mal, denkst du und beschleunigst mit einem grimmigen Grinsen.
Du scherst aus und bist wenig später auf gleicher Höhe mit dem Auto der Gangster. Ruckartig ziehst du nach rechts und krachst dem Wagen in die Seite.
Das Fahrzeug der Verbrecher knallt in die Leitplanke, schrammt ein Stück daran entlang und kippt schließlich mit hohem Tempo darüber. Es überschlägt sich in der Luft und landet an einem Baum.
Du bremst, springst aus dem Auto und näherst dich mit gezogener Pistole. Die beiden Gangster krabbeln aus dem Wrack und wirken benommen. Du knockst sie aus, schnappst dir ihre Waffen und fesselst die Kerle mit Kabelbindern.
Dann öffnest du den Kofferraum. Da ist das Lösegeld – sehr schön. Was für ein Haufen Kohle!

Plötzlich durchzuckt dich ein ebenso verlockender wie fieser Gedanke. Mit den Millionen hättest du ausgesorgt …

WENN DU DIR DAS LÖSEGELD UNTER DEN NAGEL REISST, LIES WEITER AUF SEITE 22

WENN DU HENDERSON DAS GELD BESSER ZURÜCKGIBST, LIES WEITER AUF SEITE 68

Du bist schnell und für solche Situationen ausgebildet. Also riskierst du es: Du lässt die Leinen los, wirbelst herum und greifst nach dem Arm, der die Waffe hält.
Doch auch dein Gegner ist schnell. Er drückt ab – und du spürst einen heftigen Schmerz in deiner linken Schulter. Verdammt, er hat dich erwischt! Es ist zwar nur ein Streifschuss, aber immerhin.
Mit einem Schrei gehst du zu Boden und presst eine Hand aufs Herz. So, als hätte die Kugel dich dort erwischt. Dann schließt du die Augen, während die Hunde panisch bellend zum Haus zurückrennen.

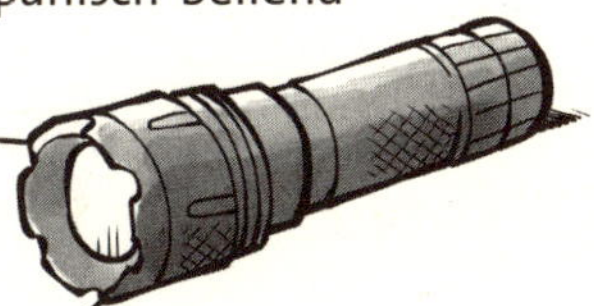

Das Licht einer Taschenlampe fällt auf deinen Körper, und du hörst jemanden sagen: „Tut mir leid, ich wollte dich nicht ... töten ...“
Der Typ klingt ernsthaft entsetzt. „Aber du hast mir keine andere Wahl gelassen.“
Er nimmt dir die Pistole ab.
„Die kann ich gut gebrauchen. Damit werde ich diese Köter abknallen.“
Die Hunde töten? Warum?, wunderst du dich, während du weiter den toten Mann spielst.
Jetzt wendet sich der Typ ab und läuft zum Haus.

WENN DU IHM FOLGST,
LIES WEITER AUF SEITE 98

WENN DU DEN KERL VON HINTEN ANGREIFST,
LIES WEITER AUF SEITE 21

10

Dein Boss Parker ist wenig begeistert davon, aber er kann dich verstehen.
„Wenn man jemanden beschützen soll, muss man ihn gut kennen“, sagt er. „Und der Kunde sollte mit offenen Karten spielen, damit der Bodyguard weiß, worauf er achten muss. Aber leider scheint Xtra dir etwas zu verheimlichen.“
„Ja, so sehe ich das auch“, erwiderst du. „Und deshalb ist für mich eine Zusammenarbeit unmöglich.“
Parker akzeptiert das. „Okay, hast du Lust, dich um diesen wertvollen Hund zu kümmern? Miller, der sich ursprünglich dafür gemeldet hat, fühlt sich überfordert. Ihr könntet die Jobs tauschen.“
Du nickst.

LIES WEITER AUF SEITE 36

Du verbirgst dich hinter einem Müllcontainer und beobachtest alles. Henderson gibt den Typen den Koffer. Die kontrollieren den Inhalt, nicken ihm zu – und nun darf Kathy gehen. Gott sei Dank! Ihr Gang ist fest und sicher, sie scheint völlig unversehrt.

Du konzentrierst dich wieder auf die Gangster. Sie warten, bis die beiden Hendersons weg sind. Dann steigen sie mit der Millionenbeute in einen Mittelklassewagen, der ganz in der Nähe deines Autos geparkt ist.

Du verfolgst sie mit etwas Abstand. Beim Fahren denkst du scharf nach: Was sollst du jetzt tun, wie ist deine Strategie?

**WENN DU DEN WAGEN DER GANGSTER RAMMST,
UM IHNEN DIE BEUTE ABZUNEHMEN,**
LIES WEITER AUF SEITE 8

**WENN DU DIE TÄTER BIS ZU IHREM
UNTERSCHLUPF VERFOLGST,**
LIES WEITER AUF SEITE 75

12

Du musst nicht lange warten, bis du Schritte auf der Treppe und geflüsterte Kommandos hörst. Du schätzt, dass es mindestens zwei Typen sind. Garantiert sind sie über das Dachfenster in das Gebäude eingedrungen und wollen die wertvollen Fossilien stehlen.

Jetzt siehst du einen Lichtschein, der nach unten wandert. Sicher eine Taschenlampe.

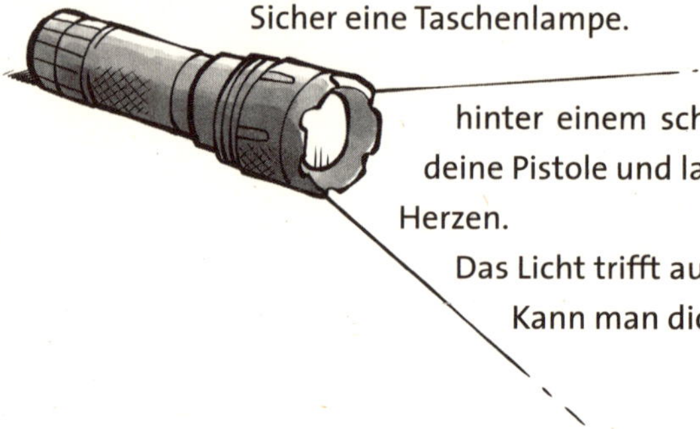

Du verbirgst dich hinter einem schweren Vorhang, ziehst deine Pistole und lauschst mit klopfendem Herzen.

Das Licht trifft auf den Stoff der Gardine. Kann man dich dahinter erahnen?

WENN DU HINTER DEM VORHANG HERVORSPRINGST, UM DAS ÜBERRASCHUNGSMOMENT AUF DEINER SEITE ZU HABEN, LIES WEITER AUF SEITE 92

WENN DU DORT STILL ABWARTEST, LIES WEITER AUF SEITE 59

Wo gibt es hier ein Taxi? Nirgends, lautet die Antwort. So ein Pech!
Aber da – eine alte Frau steigt gerade in ihren Kleinwagen. Sie braucht einen Gehstock und trägt eine Brille mit dicken Gläsern. Die Frau ist mindestens neunzig, schätzt du.
Du brauchst dringend ein Auto, sonst ist die arme Kiki weg! Und da kommt dir die Dame gerade recht ...

WENN DU DIE ALTE DAME FRAGST,
OB SIE DIR UND KLEOPATRA HILFT,
LIES WEITER AUF SEITE 100

WENN DU IHR EINFACH DIE AUTOSCHLÜSSEL WEGNIMMST
UND IHR VERSPRICHST, DEN WAGEN HEIL ZURÜCKZUBRINGEN,
LIES WEITER AUF SEITE 62

14

Du erreichst die Rückseite des Gebäudes. Dort gibt es mehrere Fenster. Du brichst eines auf und schlüpfst ins Haus. Vorsichtig arbeitest du dich von Raum zu Raum vor.

In der Küche sitzt ein zweiter Gangster, der auf einen Fernseher starrt und dir den Rücken zudreht.

Du huschst an ihm vorbei, ohne dass er dich bemerkt. Dann gelangst du zu einer Treppe, die in den Keller führt.

Und dort unten findest du Kathy! Sie ist in einem Verschlag eingesperrt und freut sich mächtig, dich zu sehen. Das dürfte das erste Mal sein, schätzt du.

Du befreist sie aus ihrem Gefängnis, dann instruierst du sie: „Bleib dicht bei mir, ich bring dich hier raus."

Ihr schleicht nach oben, könnt das Haus verlassen und gelangt zu deinem Auto.

Doch da hört ihr Rufe: „He, stehen bleiben! Sonst knallt es!", schreit einer der Gangster. Sein Komplize rennt neben ihm her. Beide haben ihre Schusswaffe gezogen.

Mist, sie haben euch doch entdeckt und kommen nun direkt auf euch zu!

**WENN DU DICH HINTERS STEUER SETZT,
LIES WEITER AUF SEITE 93**

**WENN DU KATHY DAS FAHREN ÜBERLÄSST,
LIES WEITER AUF SEITE 31**

Mit gezogener Waffe und hämmerndem Puls schleichst du dich nach oben. Die Geräusche werden lauter. Als du die letzte Stufe der Treppe erreichst, hörst du auch Stimmen. Du erstarrst, dein Herz setzt einen Schlag aus. War da eben ein Schatten, oder hast du dir das nur eingebildet?
Während du noch überlegst, erhältst du einen Stoß gegen die Brust. Du taumelst nach hinten und stürzt die Treppe hinunter. Dabei kommst du sehr unglücklich auf und weißt: Das ist das

ENDE

Du flitzt los, während die Hunde um dich herumspringen. Kiki saust bellend zu einer Hecke und verschwindet darin.
„Kiki, hiergeblieben!“, rufst du. „Ich habe auch ein Leckerli ... “
In dieser Sekunde passiert es: Du stolperst über eine der Leinen und legst dich voll auf die Nase.
Die Welpen halten das für ein tolles Spiel, springen auf dir herum und stupsen dich an. Mama Kleopatra bleibt ganz ruhig und schaut sich suchend um: Wo ist Kiki?
Das fragst du dich natürlich auch. Nachdem du dich aus dem Leinen-Wirrwarr befreit hast, rennst du zur Hecke. Nichts. Kiki ist weg!
O Mann, kannst du noch nicht mal auf kleine Hunde aufpassen? Der Boss wird toben.
Keine Frage, du musst Kiki wiederfinden, sonst bist du deinen Job los.

WENN DU KIKI MITHILFE VON KLEOPATRA SUCHST,
LIES WEITER AUF SEITE 24

WENN DU ES ALLEIN VERSUCHST,
WEIL DU DIE MUTTER LIEBER BEI IHREN WELPEN LASSEN WILLST,
LIES WEITER AUF SEITE 109

18

Du greifst nach unten, als wolltest du dir die Schnürsenkel zumachen, schnappst dir jedoch eine der Leinen, richtest dich blitzartig auf und setzt zum Schlag an.
All das ist eine einzige fließende, schnelle Bewegung, aber der enterbte Sohn von Fiona Hill ist auch fix.
Du siehst die Mündung seiner Pistole und weißt: Das ist das

ENDE

Du erreichst die Toiletten. Sonst ist hier nichts, kein Hinterzimmer. Wie langweilig.
Na schön, dann war das eben keine gute Idee. Du marschierst zurück zu deiner Nische und trinkst aus. Du wartest. Erst eine halbe Stunde, dann eine ganze, schließlich zwei. Du bestellst noch mal nach, um nicht aufzufallen.
Doch dann hast du genug und verlässt das *Sunset*. Für heute ist Schluss mit den verdeckten Ermittlungen.
Du kommst noch zweimal wieder, aber Cosway taucht einfach nicht auf. Hm, du scheinst auf dem Holzweg zu sein. Hat er etwa Wind von deinen Nachforschungen bekommen? Schwer zu sagen.
Schließlich gibst du auf und lässt dich zum Taxifahrer umschulen. Da musst du die Sicherheit deiner Kunden auch im Auge behalten – jedenfalls im Straßenverkehr ...

ENDE

20

Der Kerl mit dem Glatzkopf bekommt deine Faust ans Kinn, der Typ hinter ihm einen Tritt vor die Brust und dem Dritten kickst du die Beine weg, sodass er auf dem Asphalt landet. 3:0 für dich in nicht einmal zehn Sekunden. Das soll dir erst einmal jemand nachmachen!

Während die Messer-Heinis vor sich hin jammern, zerrst du Xtra in seinen Wagen, springst hinters Steuer und gibst Gas.

„Was geht hier eigentlich ab?", willst du von ihm wissen. „Von welchen Schulden haben die geredet?"

Der Rapper schweigt.

„He, ich habe dich was gefragt. Wenn ich dich beschützen soll, muss ich wissen, wer dir gefährlich werden könnte", setzt du nach.

Doch Xtra mauert weiterhin. Wie sollst du dann einen guten Job machen?

WENN DU DEN JOB JETZT HINSCHMEISST,
LIES WEITER AUF SEITE 10

WENN DU WEITER VERSUCHST,
XTRAS SCHWEIGEN ZU BRECHEN,
LIES WEITER AUF SEITE 25

Du packst einen Ast, der praktischerweise in Griffweite herumliegt, ignorierst den Schmerz, stürzt dich von hinten auf den Mistkerl und ziehst ihm den Prügel über den Schädel.

Büm! Der Mann sackt wie vom Blitz getroffen zusammen. Du nimmst ihm die Schusswaffen ab und rufst die Polizei sowie einen Krankenwagen.

Kurz darauf befindet ihr euch beide in der Klinik, während sich ein anderer Bodyguard aus eurem Team um die Hunde kümmert.

Deine Verletzung ist nur oberflächlich, und auch der Täter ist schnell wieder fit. Bei der Vernehmung gesteht er, warum er die Hunde töten wollte: Er ist der Sohn der verstorbenen Millionärin und wurde enterbt. Nicht er, sondern die Mastiffs bekamen ihr gesamtes Vermögen – bis auf einen kleinen Pflichtteil. Nun wollte sich der Sohn rächen, aber das konntest du zum Glück verhindern.

Dein Chef ist sehr zufrieden mit dir!

ENDE

Nichts wie weg!, denkst du dir. Du verstaust die Tasche mit dem Geld in deinem Wagen und braust davon. Während der Fahrt wirfst du dein Handy aus dem Fenster, damit man dich nicht orten kann. Auch das Auto musst du bald loswerden. Und dann?
Am besten setzt du dich mit der vielen Kohle ins Ausland ab. Wie wär's zum Beispiel mit einer schönen Insel in der Karibik? Du beginnst zu träumen. Jeden Tag Sonne und Strand. Ach, das wäre herrlich!
Oder lieber ein schickes Hotel in den Bergen? Auch keine schlechte Idee ...

WENN DU DICH FÜR DIE INSEL ENTSCHEIDEST,
LIES WEITER AUF SEITE 42

WENN DU LIEBER IN DIE BERGE FÄHRST,
LIES WEITER AUF SEITE 60

„Gemälde vermutlich", sagt jemand.
„Oder Porzellan", ein anderer.
Der Boss schüttelt den Kopf. „Er sammelt Fossilien, also Überreste von Dinosaurierknochen und sogar ganze Skelette, die Unsummen wert sind. Dafür gibt es einen großen internationalen Markt. Chesterfield geht übermorgen auf Weltreise und hat Angst um seine Schätze."

„Also soll jemand den Hausmeister spielen, während er unterwegs ist?", fragst du.
Der Chef nickt. „So ungefähr."
Er lässt seinen Blick über die versammelten Bodyguards schweifen. „Also, meine Herren: Wer interessiert sich für welchen Job?"

WENN DU DICH FÜR DIE MILLIONÄRSTOCHTER KATHY MELDEST, LIES WEITER AUF SEITE 45

WENN DU DICH FÜR DEN HUND INTERESSIERST, LIES WEITER AUF SEITE 36

WENN DU DEN RAPPER BESCHÜTZEN WILLST, LIES WEITER AUF SEITE 86

ODER WENN DU DIE SCHÄTZE DES DINO-SAMMLERS BEWACHEN MÖCHTEST, LIES WEITER AUF SEITE 40

24

Du bindest die anderen Welpen an einen Baum. Deswegen hast du zwar ein schlechtes Gewissen, aber du kannst die Kleinen jetzt nicht ins Haus bringen. Dazu fehlt schlicht und einfach die Zeit.

„Such Kiki!“, rufst du Kleopatra zu. Dann flitzt ihr los.

Die Hunde-Mama hat die Nase dicht am Boden und scheint genau zu wissen, was sie zu tun hat.

Zielstrebig führt dich die Mastiff-Hündin zur Hecke, zwängt sich hindurch und zieht dich zum hohen Zaun, der das Anwesen der verstorbenen Villenbesitzerin umschließt. Kiki kann unmöglich über den Zaun gesprungen sein, aber man kann untendrunter durch – wenn man sehr klein ist.

Kleopatra bleibt an einer ganz bestimmten Stelle unweit eines Tores stehen und winselt. Zum Glück hast du ja alle Schlüssel, deswegen kannst du es problemlos öffnen.

Wieder übernimmt die Hunde-Mama die Führung. Ihr gelangt auf eine belebte Straße und dein Magen krampft sich zusammen. Hoffentlich ist die süße Kiki nicht angefahren worden!

Plötzlich bellt Kleopatra wie verrückt und zerrt an der Leine. Und jetzt siehst du den Grund für ihre Aufregung: Da ist Kiki! Sie lässt sich gerade von einem Mann streicheln, der vor einem Kleinlaster in die Hocke gegangen ist. Die hintere Tür steht offen. Ist das etwa ein Hundefänger, der sich den Welpen schnappen will?, durchfährt es dich.

**WENN DU DEN MANN ANSCHREIST,
DASS ER DIE PFOTEN VON KIKI LASSEN SOLL,
LIES WEITER AUF SEITE 64**

**WENN DU DICH LIEBER LEISE NÄHERST,
LIES WEITER AUF SEITE 114**

In Xtras Wohnung willst du noch einmal mit dem Rapper reden. In aller Ruhe. Du musst einfach wissen, was da alles so abgeht. Sonst wirst du früher oder später eine böse Überraschung erleben.
Als ihr das Haus erreicht, in dem der Rapper seine riesige Wohnung hat, sagt er: „Mach Feierabend. Fahr nach Hause."
„Ich bringe dich bis zur Tür. Mindestens", erwiderst du und lässt dich auf keine Diskussionen ein.
Ihr stellt die Luxuskarre in der Tiefgarage ab und nehmt den Aufzug in den elften Stock, wo Xtras Paradies liegt.
Er zieht einen Schlüssel hervor und steckt ihn ins Schloss seiner Wohnungstür. Plötzlich hält er inne.
„Hier stimmt was nicht", flüstert er. „Ich schließe immer zweimal ab, aber jetzt muss ich den Schlüssel nur einmal drehen, um die Tür zu öffnen."
Deine Nackenhaare stellen sich auf. Offenbar ist jemand in die Wohnung eingedrungen ...

**WENN DU DICH VORSICHTIG IN DER WOHNUNG UMSCHAUST,
LIES WEITER AUF SEITE 38**

**WENN DU LIEBER MIT XTRA FLIEHST,
LIES WEITER AUF SEITE 52**

26

Du springst auf und flüchtest Richtung Ausgang. Doch du kommst nicht weit. Ein Typ, breit wie ein Kleiderschrank, fängt dich an der Tür ab. Du verpasst ihm einen hübschen Kinnhaken, aber der Kerl zuckt noch nicht einmal mit der Wimper. Ihr liefert euch einen Boxkampf, doch da greift der Kellner ein – und zwar von hinten mit einem Schlagstock.

„Nimm das, du elender Schnüffler!", ruft er dabei.

Dann wird dir schwarz vor Augen.

Zwölf Stunden später wachst du in einem Krankenhaus auf. Schädelprellung mit schwerer Gehirnerschütterung, so lautet die Diagnose.

Du versuchst, dich zu erinnern, was passiert ist. Aber da ist nichts, nur ein dunkles Loch. Jemand hat dich niedergestreckt, das ist klar, aber wer das war? Keine Ahnung. Man sagt dir, dass du in der Nähe einer Bar namens *Sunset* gefunden wurdest, aber auch die sagt dir absolut nichts.

So verlaufen deine Ermittlungen im Sande. Wenigstens erholst du dich gut von der fiesen Attacke.

ENDE

Bäm! Der Kleinwagen kracht mit hohem Tempo in den Laster. Ein Airbag öffnet sich und schiebt Kleopatra gegen deine Brust.

Ihr quetscht euch aus dem Auto, zum Glück seid ihr alle unverletzt. Mit ihrem Gehstock in der Hand stürmt die Oma nach vorn, und du eilst ihr hinterher. Sie will doch nicht etwa auf den Entführer losgehen? Doch, das hätte sie garantiert getan, wenn der Mann nicht ohnmächtig auf dem Lenkrad hängen würde. Er war nämlich nicht angeschnallt, und der alte Kleinlaster verfügt über keine Airbags ...

Schnell organisierst du einen Krankenwagen und alarmierst die Polizei. Dann öffnest du die hintere Tür, Kiki springt dir freudig kläffend entgegen und wird gleich von ihrer Mama abgeschleckt.

Kurz darauf wird der leicht verletzte Entführer in eine Klinik gebracht.

Und du? Du bedankst dich bei der mutigen Oma, besorgst dir ein Taxi und fährst mit Kleopatra und Kiki zu den anderen Welpen zurück, die ja noch angeleint auf euch warten.

Von deinem Chef bekommst du übrigens noch ein Lob – und eine Gehaltserhöhung.

Du lädst die alte Dame zu einem Fünf-Gänge-Menü ein, um dich noch einmal zu bedanken.

ENDE

28

Kathy entpuppt sich als Wundertüte. Mal ist sie total nett und offen, mal arrogant und gereizt. Du weißt nie, was dich erwartet. Anders ausgedrückt: Der Job strapaziert deine Nerven gehörig.

„Heute Abend bin ich auf einer Geburtstagsparty", sagt sie eines Tages zu dir. „Bring mich hin und hol mich um zwölf wieder ab."

„Okay, aber ich werde im Auto auf dich warten", antwortest du.

„Wie du willst, ist mir egal."

Die Party findet in einer anderen Villa statt, vor der du deinen Wagen parkst. Stundenlang hockst du da und langweilst dich. Endlich ist es Mitternacht. Doch wer kommt nicht? Richtig! Kathy.

Du wartest noch fünf Minuten. Dann gehst du in die Villa und erfährst von der Gastgeberin, dass Kathy eben mit ihrem Freund durch den Hinterausgang verschwunden ist. Mist, sie hat dich ausgetrickst! Und dann auch noch mit ihrem Freund, von dem du bis jetzt keine Ahnung hattest. Wenn das ihr Dad erfährt!

Du hetzt zum Wagen zurück und beginnst, die Straßen abzufahren. Weit können die beiden doch eigentlich nicht gekommen sein.

Da, ein Pärchen! Hand in Hand. Du fährst dichter heran – und jetzt dreht sich die junge Frau um. Bingo! Es ist Kathy!

In dieser Sekunde flammen Scheinwerfer auf. Ein Auto schießt geradewegs auf dich zu. Du willst ausweichen, doch der Wagen, ein hochbeiniger Pick-up, kracht ungebremst in deine Seitentür.

LIES WEITER AUF SEITE 63

30

Diskret und unauffällig macht sich dein Kollege an die Arbeit. Und du? Du kümmerst dich um die süße Hundebande.
Zwei Tage später, du verteilst gerade Essen an Kleopatra und die Welpen, meldet er dir, dass sich Peter Hill dem Anwesen seiner verstorbenen Mutter erneut nähert.
„Vorsicht“, warnt dich der Kollege am Telefon. „Der Kerl ist bewaffnet. Der hat irgendetwas vor, aber sicher nichts Gutes.“
„Okay, bist du in seiner Nähe?“
Ein leises Lachen, dann: „Klar, ich bin quasi Hills Schatten. So, jetzt ist er am Eingangstor. Mist, er hat die Pistole gezogen. Zugriff?“
„Zugriff“, bestätigst du. „Bin gleich da!“
Du hetzt zur Pforte und stellst erleichtert fest, dass dein Kollege Hill bereits überwältigt, entwaffnet und gefesselt hat.
Er gesteht euch, was er mit den Hunden vorhatte. „Ich wurde beim Erbe nahezu vollständig übergangen!“, schimpft er. „Die blöden Köter sollten kein Leben wie im Schlaraffenland führen. Deswegen wollte ich sie töten.“
Ihr übergebt Peter Hill der Polizei und bekommt ein großes Lob von eurem Chef.

ENDE

„Du fährst!", kommandierst du.
„Wieso ich?", fragt die Millionärstochter verdattert.
„Hör auf zu diskutieren!", blaffst du sie an und wirfst ihr die Autoschlüssel zu.
Kathy hört ausnahmsweise mal auf dich, setzt sich hinters Steuer und startet den Motor. Dann gibt sie Gas, und du musst zugeben, dass sie verdammt gut fährt. Beziehungsweise verdammt schnell.
Trotzdem habt ihr die Gangster immer noch im Nacken. Du lässt die Scheibe runter, beugst dich aus dem schlingernden Wagen und schießt auf die Kerle.
„Jetzt weißt du, warum du fahren solltest", rufst du Kathy zu, während du das Magazin leer feuerst.
Du triffst die Frontscheibe und die Reifen – die Karre der Verbrecher kracht in eine Böschung und dann in einen Bach. Endstation. Und ihr habt freie Bahn!
Während der Fahrt informierst du Kathys Vater, die Polizei und auch deinen Boss.
Unvermittelt hält Kathy an und drückt dir einen Kuss auf die Wange. „Das war echt eine coole Nummer von dir, Ron", sagt sie bewundernd.
Lob gibt es später auch von ihrem Vater und deinem Chef.
Heute ist echt dein Tag!

ENDE

32

Die brutalen Kerle greifen dich an, verletzen dich mit ihren Messern an den Händen und am linken Unterarm. Aber immerhin verschaffst du Xtra ein paar Sekunden.
Zeit, die der Rapper nutzen kann, um in den Club zu fliehen, wo er vor den fiesen Typen sicher ist.
Du landest in der Klinik, und Cosway übernimmt deinen Job, was dir natürlich nicht gefällt.
Immerhin lobt der Boss dich für deinen mutigen Einsatz. Auch Xtra besucht dich mehrfach und bedankt sich bei dir.
Die Angreifer werden von ihm identifiziert und angeklagt. Es stellt sich heraus, dass Xtra von einer Bande erpresst wurde. Die Bande hatte den Rapper, als der noch ein Niemand war, zu dem gemacht, was er heute ist: ein Star.
Sie stellten ihm ein professionelles Tonstudio zur Verfügung und übernahmen die Promotion. Doch dafür verlangten sie achtzig Prozent seiner Einnahmen. Selbst dann noch, als Xtra schon längst berühmt war und sich ein eigenes Studio leisten konnte.

Als er sich weigerte, weiterhin zu zahlen, folgte der Messerangriff. Doch damit ist jetzt Schluss – auch dank deines gewagten Eingreifens.

ENDE

Am nächsten Morgen fährst du mit einem Taxi zu einer Autovermietung und kehrst mit einem Kleinlaster zur Villa der verstorbenen Hundebesitzerin zurück.

Kleopatra und ihre süße Rasselbande begrüßen dich stürmisch. Sie haben dich offenbar innerhalb kürzester Zeit ins Herz geschlossen.
„So, dann lass uns mal loslegen“, drängt Hill. Er hat eine Pistole in der Hand, deren Lauf mal auf dich, mal auf die Hunde zeigt.
„Und keine Mätzchen. Sonst knallt es.“
„Klar“, erwiderst du locker, obwohl du nicht annähernd so entspannt bist.
Denn Hill hat zwei Dinge, die du auch gerne hättest: ein Handy und eine Waffe.
Ihr treibt die Hunde aus dem Haus zum Kleinlaster. Du öffnest eine der beiden Türen am Heck. Brav springt Kleopatra in das Fahrzeug, und die Welpen folgen ihr.
Dabei überlegst du fieberhaft, wie du Hill ausschalten kannst. Aber er lässt dich nicht aus den Augen.
Doch da beginnt der kleine Bebti herzergreifend zu jaulen.
„Was hat das Vieh denn nur?“, wundert sich Hill und steckt seinen Kopf in das Wageninnere.
Das ist deine Chance! Du reagierst blitzschnell und haust ihm die Hecktür seitlich an den Schädel. Hill schreit auf, die Waffe gleitet ihm aus den Händen und er sackt zusammen. Du fesselst ihn mit den Hundeleinen und rufst die Polizei.
Der Fall ist geklärt, die Mastiffs sind alle gesund und du erntest ein dickes Lob vom Chef. Besser kann es nicht laufen!

ENDE

Rasch machst du mit dem Handy eine Reihe von Bildern. Dann rufst du die Polizei und hilfst Kathys Freund auf die Beine. Er ist so gut wie unverletzt, stellst du erleichtert fest.
Die sofort eingeleitete Fahndung bringt jedoch keinen Erfolg. Parker, dein Boss, ist maßlos enttäuscht von dir und feuert dich. Schließlich hast du auf ganzer Linie versagt. Und dein Kollege Cosway? Der lacht dich aus.
Zudem macht dir Kathys besorgter Vater die Hölle heiß. Das kannst du ihm nicht verübeln. Von ihm erfährst du auch, dass bereits eine Lösegeldforderung eingegangen ist. Die Kidnapper fordern zehn Millionen Dollar für Kathys Freilassung.

Du bist ein jämmerlicher Bodyguard. Arbeitslos und verlacht.

Aber du versinkst nicht in Selbstmitleid, sondern beschließt, Kathy zu befreien und zu verhindern, dass das Lösegeld bezahlt wird. Das bist du ihr und ihrem Vater schuldig. Außerdem könntest du so deinen ramponierten Ruf wieder aufmöbeln.
Vielleicht wäre es schlau, Henderson zu beobachten. Er wird das Lösegeld bestimmt bald übergeben müssen – und dann schlägst du zu! Doch du hast auch noch die Fotos von dem Fluchtfahrzeug ...

WENN DU DICH AUF HENDERSON KONZENTRIERST,
LIES WEITER AUF SEITE 76

WENN DU DAS AUTO IM FOKUS HAST,
LIES WEITER AUF SEITE 102

Einer der maskierten Täter kommt herein. Er öffnet den Kühlschrank und holt sich eine Cola. Als er an dir vorbeigeht, stutzt er.
„Was ist denn das?“, knurrt der Kerl. Er bückt sich und hat plötzlich ein Stück der Schnur in der Hand, mit der dich die Typen gefesselt haben.
O nein!, durchfährt es dich. Das muss vorhin runtergefallen sein, als du die Fesseln an deinen Füßen durchgeschnitten hast. Und du hast es nicht bemerkt. Was für ein Fehler!
„Das glaube ich jetzt nicht!“, ruft der Einbrecher mit einem Blick auf deine Füße.
Voller Wut auf dich selbst trittst du nach dem Mann und erwischst ihn an der Schulter. Er fällt nach hinten, zieht dabei aber seine Pistole.
Du rappelst dich auf und willst den Verbrecher mit einem Tritt unters Kinn ausschalten. Doch der Kerl ist schneller und drückt ab. Eine Kugel fliegt auf dich zu, und du weißt: Das ist das

ENDE

Dein wertvoller Schützling heißt Kleopatra, hat ein goldfarbenes Fell, eine löwenähnliche Mähne und wiegt neunzig Kilo. Die Hündin ruht auf einem Berg aus Seidenkissen. Um sie herum tollen fünf süße Welpen. Sie raufen, toben, jagen sich – und immer wieder stupsen sie ihre Mama mit der Schnauze an, damit sie mit ihnen spielt. Doch Kleopatra bleibt liegen und schaut dich aus großen braunen Augen freundlich und ein wenig neugierig an.

Du streckst die Hand nach der schönen Hündin aus und streichelst sie. Kleopatra wedelt mit dem Schwanz. Sie mag dich offensichtlich. Klasse!

Aber von den fünf Welpen hatte dein Boss nichts gesagt. So locker wird der Job wohl doch nicht. Obwohl die ja so was von süß sind! Einer springt auf dich zu und knabbert an deinem Schnürsenkel. Ein anderer leckt deine Hand.

„Das sind Madu, Bastet, Makalani, Bebti und Kiki“, erklärt Helen, die Haushälterin, die dich vorhin in die Villa gelassen hat. „Frau Hill hat sich sehr für das alte Ägypten interessiert. Deswegen haben ihre Hunde auch altägyptische Namen.“

Du versuchst, dir zu merken, welcher Welpe wer ist. Gar nicht so einfach bei dem Gewusel.

„Die Hunde bekommen drei Mahlzeiten am Tag“, fährt Helen fort. „Acht Uhr, dreizehn Uhr und siebzehn Uhr. Sie müssen sich an diesem Wochenende darum kümmern, weil ich heute früher gehen muss.“

LIES WEITER AUF SEITE 66

Geduckt näherst du dich dem Wachmann und huschst dabei von Gebüsch zu Gebüsch. Dein Plan: Du willst ihn niederschlagen und ihm die Schlüssel abnehmen.
Jetzt bist du nur noch drei Meter von dem Mann entfernt und machst dich bereit zum Angriff. In diesem Moment vernimmst du ein Knurren und fährst herum. O nein, ein Dobermann!
Der Hund attackiert dich, und du ziehst die Pistole. Doch der Vierbeiner ist schneller und beißt dich in den Arm.
„Aua!“, schreist du vor Schmerzen.
Der Wachmann hat dich gehört und kommt mit gezückter Waffe angerannt.
Das Letzte, was du hörst, ist das Krachen eines Schusses ...

ENDE

38

„Ich geh vor“, sagst du leise und ziehst deine Pistole. Auf Zehenspitzen betrittst du die Wohnung. Xtra, der am ganzen Körper zittert, ist hinter dir.

Du wagst es nicht, Licht zu machen, und tastest dich von Raum zu Raum vor. Gäste-WC, Flur, Küche – niemand ist zu sehen. Jetzt huscht ihr ins Wohnzimmer. In dieser Sekunde blendet

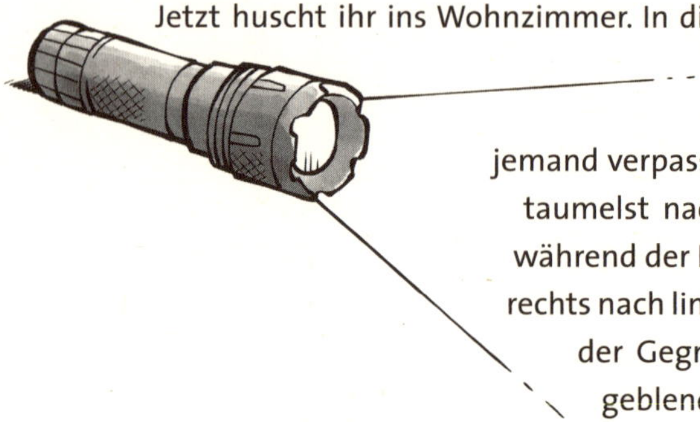

dich das Licht einer Taschenlampe und jemand verpasst dir einen Schlag. Du taumelst nach hinten gegen Xtra, während der Lauf deiner Pistole von rechts nach links wandert. Wo ist nur der Gegner? Du bist komplett geblendet!

Du gerätst in Panik, willst aufs Geratewohl abdrücken – doch der Angreifer ist schneller. Zwei Kugeln erwischen dich und du weißt: Das ist das

ENDE

Bei *People Protect* hast du auch gelernt, wie man Schlösser knackt.
Dir gelingt es, innerhalb von dreißig Sekunden die Tür zu öffnen. Du schlüpfst in den dunklen Gang und tastest nach dem Lichtschalter. Aber was ist das? Das ist nicht das Hartplastik eines Schalters, das ist ... Stoff.
Jetzt geht die Deckenlampe an, und du musst erkennen, dass das Stück Stoff zu Peter Hills Hemd gehört.
„Ich habe mir doch gedacht, dass ich dir nicht trauen kann", sagt er. Dann versetzt er dir einen Schlag auf den Kopf, der dich ins Reich der Träume schickt.
Nun zerrt Hill dich in einen anderen Kellerraum mit einer Stahltür, die von außen mit einem Riegel gesichert ist. Hier nützen dir deine Ausbruchskünste auch nichts mehr.
Dieser Raum wird dein Grab ...

ENDE

Professor Chesterfield ist ein rüstiger Kauz. Klein, dürr, immer in Bewegung. Die Augen hinter den großen Brillengläsern sprühen vor Begeisterung, als er dir sein Haus zeigt, das einem Museum gleicht.
Im Foyer steht zum Beispiel das dreizehn Meter lange und drei Meter hohe Skelett eines Kaatedocus siberi, wie du vom Hausherrn erfährst.
„Ein Pflanzenfresser, der vierzehn Tonnen wog. Er lebte vor etwa hundertfünfzig Millionen Jahren in der Jurazeit", erläutert der Professor dir.
Dann führt er dich in den Salon. Du staunst, als du über dem Esstisch ein weiteres riesiges Skelett entdeckst.
Chesterfield strahlt vor Stolz. „Das ist ein Mosasaurier. Die lebten während der Oberkreidezeit im Meer und wurden bis zu achtzehn Meter lang. Ein gefürchteter Räuber, sehr wendig, mit spitzen Zähnen. Es gibt weltweit nur ein einziges so gut erhaltenes Skelett." Er schaut dich durchdringend an. „Und Sie stehen gerade darunter."
Du nickst. „Ist bestimmt eine Menge wert."
„Etwa zehn Millionen Dollar. Und Sie werden dafür sorgen, dass der hübsche Saurier über meinem Esstisch hängen bleibt, während ich auf Weltreise bin, klar?"
„Absolut, das ist mein Job. Haben Sie eigentlich eine Alarmanlage?"

LIES WEITER AUF SEITE 49

42

Du stellst das Auto am Flughafen ab und wirfst die Schlüssel in einen Gulli. Den Wagen wirst du schließlich nie wieder benutzen.
An einem Last-minute-Schalter am Terminal A kaufst du dir ein Flugticket. Die Maschine hebt in zwei Stunden ab und wird dich in die Dominikanische Republik bringen. Sehr fein!

Doch deine Vorfreude ist nicht von Dauer. Denn bei der Kontrolle des Handgepäcks fällst du natürlich mit dem vielen Geld auf. Man bringt dich unauffällig in ein Büro. Dort wirst du verhört und gestehst schließlich, woher du das Geld hast.
Die ganze Zeit denkst du daran, dass du dich unglaublich dämlich angestellt hast.
Stimmt! Und dann klicken auch schon die Handschellen ...

ENDE

Du trittst mal lieber den Rückzug an. Im Club rufst du ein Taxi und bittest darum, dass der Fahrer zum Hintereingang kommt. Keine fünf Minuten später ist er da.

Du schiebst Xtra in den Wagen. Nach einer Viertelstunde erreicht ihr schließlich seine Penthouse-Wohnung.

LIES WEITER AUF SEITE 25

44

„Nein, bloß nicht!“, brüllst du und greifst der Dame ins Lenkrad. Der Wagen kommt von der Straße ab, rammt ein paar Mülltonnen und kracht schließlich in die Scheibe eines Blumenladens. Zum Glück sind gerade keine Kunden im Geschäft – niemand kommt zu Schaden.

Aber die Oma macht dir die Hölle heiß. „Du Dummkopf!“, faltet sie dich zusammen. „Jetzt ist dieser Kerl entkommen. Und sieh nur, was du angerichtet hast!“

Recht hat sie, die Gute. Folglich verpasst dir nicht nur sie einen ordentlichen Einlauf, sondern dein Chef tut es auch. Er feuert dich wegen deiner Unfähigkeit.

Wenigstens wird Kiki zwei Tage später nach der Zahlung eines Lösegeldes freigelassen, wie du aus der Presse erfährst.

ENDE

Niemand ist besonders scharf darauf, auf Kathy aufzupassen. Okay, dann nimmst du eben diesen Job.
Cosway macht sich über dich lustig: „Spiel du ruhig mal den Babysitter, Ron. Ihr passt doch fantastisch zusammen. Kathy ist ja nicht viel jünger als du, Hosenscheißer."
Du ignorierst diesen Blödmann und recherchierst über die Familie Henderson, um dich optimal auf den Job vorzubereiten.
Tags darauf trittst du die Arbeit an. Henderson erwartet dich im Salon seiner Villa und stellt dir seine Tochter vor.
Kathy ist wirklich hübsch. Sie trägt sündhaft teure Designerklamotten und hat augenscheinlich überhaupt keine Lust auf einen Bodyguard. Sie bearbeitet gelangweilt einen Kaugummi mit ihren Zähnen und schenkt dir einen genervten Blick zur Begrüßung. Wie nett!

„Sie werden sie jeden Tag zur Privatschule fahren und von dort wieder abholen, Ron", ordnet ihr Vater an. „Am Nachmittag oder Abend werden Sie Kathy begleiten, ganz egal, wohin sie will. Und Sie werden mir jedes Mal mitteilen, was sie vorhat. Klar?"
„Klar", antwortest du militärisch knapp.
Kathy rollt mit den Augen. „Muss das sein, Dad?"
„Keine Widerrede. Und jetzt muss ich los."
Schon ist er verschwunden.

LIES WEITER AUF SEITE 28

46

Du versteckst dich hinter der Tür. Schon geht sie auf. Ein breitschultriger Mann kommt in die Küche und bleibt abrupt stehen.

„Wo ...?“

Weiter kommt er nicht, denn du springst den fiesen Kerl von hinten an und streckst ihn mit einem beidhändigen Schlag auf den Hinterkopf nieder. Dann filzt du ihn und findest eine Pistole und ein Handy. Sehr schön.

Zwar ist das Handy mit einem Passwort geschützt, aber der Notruf funktioniert natürlich trotzdem.

WENN DU JETZT DIE POLIZEI EINSCHALTEST, LIES WEITER AUF SEITE 67

WENN DU AUF DIE HILFE DER POLIZEI PFEIFST UND DEN JOB ALLEIN DURCHZIEHST, LIES WEITER AUF SEITE 80

Ja, du bist verdammt fix – aber Hill ist es auch. Als du dich auf die Pistole stürzt, reagiert er blitzschnell und greift ebenfalls danach.

Ihr rangelt um die Waffe und geht dabei zu Boden. Ein Schuss löst sich und trifft dich ins Bein. Der Schmerz ist fürchterlich! Gleichzeitig bist du froh, dass keiner der Hunde getroffen wurde. Schließlich ist es deine Aufgabe als Bodyguard, sie zu beschützen.

In dieser Sekunde bekommst du unerwartete Hilfe: Kleopatra packt zu und beißt Peter Hill in den Unterarm. Er schreit auf. Du nutzt die Gunst des Moments und rammst ihm deine Faust ins Gesicht. Hill schließt die Augen, ist offensichtlich bewusstlos.

Trotz deiner schweren Verletzung kannst du ihn fesseln. Erst dann rufst du die Polizei und einen Krankenwagen.

Hill wird verhaftet, dich bringt man in eine Klinik.

Wenige Stunden nach der Operation bekommst du Besuch von deinem Boss Parker, der dich ausdrücklich lobt.

Das lindert die Schmerzen im Bein dann doch ganz erheblich!

ENDE

Der Kellner bringt dir eine Cola und du trinkst ein paar Schlucke. Dann stehst du auf und gehst nach hinten in Richtung Toiletten – wie ein Schild verkündet.
Du läufst durch einen schmalen Gang und kommst an einer Treppe vorbei, die nach unten führt.

WENN DU DIE TREPPE BENUTZT,
LIES WEITER AUF SEITE 51

WENN DU GERADEAUS GEHST,
LIES WEITER AUF SEITE 19

„Ja, habe ich mir aufschwatzen lassen. Das war aber ein Fehler, denn ich traue der Technik nicht", antwortet Chesterfield. „Was man installieren kann, kann man auch deinstallieren. Oder sabotieren. Deshalb sind Sie hier."

Tags darauf bist du allein in dem Dinosaurier-Paradies. Bodyguard für uralte Knochen, was für ein cooler Job! Okay, vielleicht auch ein bisschen langweilig, aber dafür absolut entspannt.

Chesterfield hat dir ein Zimmer im ersten Stock zugewiesen. Dort machst du es dir mit Chips und Cola vor dem riesigen Fernseher gemütlich. Doch plötzlich wird der Bildschirm dunkel. Auch das Licht ist ausgegangen.

Mist!, denkst du. Die Sicherung ist rausgeflogen. Bestimmt ist der Sicherungskasten unten, so wie in vielen Häusern. Du hättest Chesterfield danach fragen sollen.

Du machst die Taschenlampe an deinem Handy an, verlässt dein Zimmer, erreichst den Flur und tastest dich bis zur Treppe vor. Auch hier herrscht Finsternis. Offenbar hat es die Hauptsicherung erwischt.

Im Foyer angekommen, bemerkst du plötzlich ein Licht, das vor der Tür aufblitzt. Jetzt ist es wieder weg.

Ist da draußen etwa jemand?

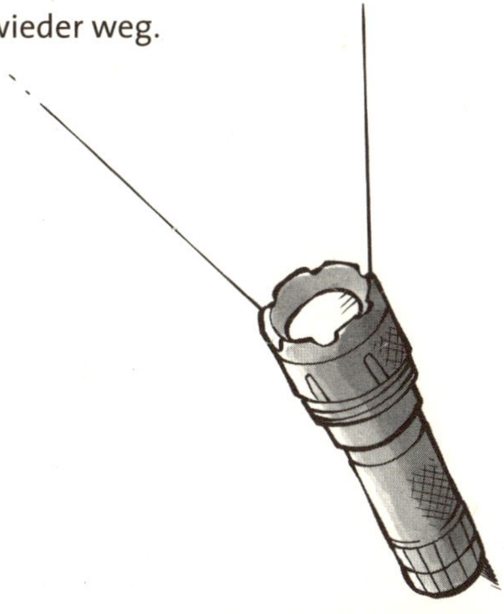

**WENN DU DIE HAUSTÜR ÖFFNEST,
LIES WEITER AUF SEITE 106**

**WENN DU DAS LIEBER LÄSST,
LIES WEITER AUF SEITE 110**

50

Du prüfst, ob deine Waffe durchgeladen ist. Alles klar. Dann läufst du zum zweiten Mal zu dem Gebäude und klingelst. Peter Hill öffnet.
Du kommst sofort zur Sache: „Was wollten Sie bei dem Haus Ihrer verstorbenen Mutter? Und warum sind Sie sofort geflohen, als ich Sie dort bemerkt habe?"
Hill lächelt und fragt: „Was geht Sie das an? Wer sind Sie überhaupt?"
Du stellst dich vor.
„Ah, verstehe. Treten Sie ein, ich kann Ihnen alles erklären", sagt er mit einer auffordernden Geste.
Du nimmst die Einladung an, bist aber auf der Hut.
„Kaffee oder Tee?", fragt Hill freundlich, als ihr im Wohnzimmer sitzt.
„Tee, bitte", antwortest du.
Fünf Minuten später steht eine Tasse mit dampfendem Inhalt vor dir, und du nimmst gleich einen Schluck.
Dann erzählt Peter Hill dir eine lange Geschichte. Von seiner Mutter, die angeblich nie ihn, sondern immer nur ihre Hunde geliebt habe. Und von dem vielen Geld, das ihm vorenthalten wurde.
Während er spricht, wirst du plötzlich sehr müde. Hat der Mistkerl dir etwas in den Tee getan? Ja, so muss es sein! Du greifst zur Waffe, aber deine Bewegung ist träge. Hill nimmt dir die Pistole weg. Du sinkst nach hinten und schläfst auf dem Stuhl ein – und zwar für immer ...

ENDE

Du schleichst die Treppe hinunter und gelangst in einen Flur, von dem mehrere Türen abgehen. Plötzlich sagt jemand hinter dir: „Hände hoch, Schnüffler!“
Verdammt, wo kommt der denn her?, schießt es dir durch den Kopf, während du gehorchst.
Der Kerl muss irgendwo gelauert haben, vermutlich hinter einer der Türen – und du bist an ihm vorbeigegangen, ohne ihn zu bemerken. Nicht sehr professionell für einen Bodyguard!
„So ist es brav“, nuschelt der Typ. Er muss näher gekommen sein, denn du kannst seinen Atem riechen. Ein fieser Geruch. Eindeutig Alkohol.
Okay, sagst du dir, dieser Mann hat getrunken. Bedeutet das auch, dass er langsamer reagieren wird?

**WENN DU IHN ANGREIFST,
LIES WEITER AUF SEITE 112**

**WENN DU DAS LIEBER LÄSST,
LIES WEITER AUF SEITE 78**

„Los, runter!“, kommandierst du.
„Wohin?“, fragt Xtra. Er zittert, als würde er frieren.
„In die Tiefgarage. Dein Auto. Wir müssen hier weg.“
Als ihr im Lift seid, ergänzt du: „Ich vermute, dass dir jemand in der Wohnung auflauert. Deswegen musst du in ein Hotel umziehen. Unter falschem Namen natürlich.“
„O ... okay“, stammelt der Rapper.
Ihr seid unten angekommen und rennt zu Xtras Nobelkarre. Da hörst du Schritte hinter dir und wirbelst herum. Zwei Typen mit Strumpfmasken und gezogenen Pistolen mit Schalldämpfern verfolgen euch!
Bäm, bäm – zwei Kugeln schlagen neben euch in einen Kleinwagen ein.

WENN DU XTRA HINTER DAS NÄCHSTBESTE AUTO ZIEHST, LIES WEITER AUF SEITE 54

WENN DU VERSUCHST, SEIN AUTO ZU ERREICHEN, LIES WEITER AUF SEITE 82

EXIT

54

„Rübe runter!“, schreist du Xtra an und schubst ihn, sodass er zu Boden geht. Dann zerrst du ihn hinter einen Kleinwagen. *Bäm, bäm,* zischen wieder Kugeln durch die Luft.
Schwer atmend ziehst du deine Waffe und erwiderst das Feuer. Einen der Männer streckst du nieder, aber der zweite bringt sich mit einem Hechtsprung in Sicherheit. Er liegt unter einem anderen Wagen und schießt auf dich. Die erste Kugel erwischt deinen linken Unterschenkel. Du sackst zusammen – und die nächste Kugel trifft deine Brust ...

ENDE

„Wenn du die Hunde erschießt, hast du nicht wirklich etwas davon – außer, dass du deine Rachegelüste befriedigst. Ich habe eine Idee, wie du mit den blöden Viechern richtig viel Geld machen kannst."

Peter Hills Augen werden schmal. „Aha, da bin ich ja mal gespannt. Erzähl!"

Du tippst dir an die Stirn. „Ich bin doch nicht verrückt. Ich verrate dir meinen tollen Plan, und zum Dank knallst du mich ab?"

Hill zögert einen Moment. Dann legt er die Waffe beiseite.

„Pass auf", sagst du zu ihm. „Wir entführen die Hunde und verlangen ein fettes Lösegeld. Allein ist das kaum zu bewältigen, aber zu zweit ... "

„Das klingt gut", sagt Hill. In seinen Augen leuchtet die Gier.

Du nickst. „Wer verwaltet das Geld deiner Mutter?"

„Eine Anwaltskanzlei", erwidert er.

„Sehr schön, die werden bezahlen müssen", fährst du fort. „Jedenfalls, wenn wir die Medien informieren. Dann ist der Druck auf die Kanzlei sehr groß, denn wer will schon für den Tod von so süßen Hunden verantwortlich sein?"

Hill ist immer begeisterter von deinem Vorschlag.

**WENN DU JETZT VERSUCHST,
DIR SEINE PISTOLE ZU SCHNAPPEN,
LIES WEITER AUF SEITE 47**

**WENN DU NOCH WARTEST,
LIES WEITER AUF SEITE 58**

„Cosway?“, fragt der Kellner nach. „Und wer sind Sie?“
Du nennst deinen Namen und befürchtest im selben Moment, dass das ein Fehler war.
Der Kellner nickt, läuft zurück zum Tresen und redet mit dem Barkeeper. Der telefoniert kurz. Dann kommt der Kellner wieder zu deiner Nische.
„Cosway ist hinten.“ Er deutet mit dem Daumen über seine Schulter. „Ich bringe Sie zu ihm.“
„Oh, nicht nötig“, sagst du schnell. „Ich wollte nur wissen, ob er hier ist.“
Die Gesichtszüge des Kellners werden hart wie Granit. „Mag sein. Aber so läuft das hier nicht. Mister Cosway erwartet Sie jetzt und fände es sicher sehr unhöflich, wenn Sie nicht erscheinen würden ... “

**WENN DU JETZT DIE FLUCHT ERGREIFST,
LIES WEITER AUF SEITE 26**

**WENN DU DEM KELLNER FOLGST,
LIES WEITER AUF SEITE 90**

Dann stellt er die aktuellen Aufträge vor und erwartet, dass ihr euch für eine der Aufgaben meldet. Manchmal sind auch zwei oder sogar drei Leute für einen Job nötig. Natürlich kommt es dabei vor, dass ihr, die Bodyguards, miteinander konkurriert. Schließlich ist nicht jede Aufgabe gleich attraktiv.

Genau das will euer Boss. Er fördert den internen Konkurrenzkampf, damit „alle immer alles geben", wie er zu sagen pflegt.

„Als Erste habe ich hier Kathy", sagt Parker und zaubert mit seinem Presenter ein Bild an die Wand.

Wow, ist die hübsch!, schießt es dir durch den Kopf. Aber ein wenig zickig wirkt sie auch.

„Kathy ist sechzehn und die Tochter des Multimillionärs Henderson. Ihr wisst schon, der Mann, der mit Immobilien ein gigantisches Vermögen angehäuft hat."

Allgemeines Kopfnicken.

„Er hat sich an mich gewandt, weil nach seiner Scheidung niemand genug Zeit für sie hat. Seine Frau ist ausgezogen, er ist ständig beruflich eingespannt und Kathy macht, was sie will – sagt Henderson", ergänzt der Boss. „Sie hört nicht auf den lieben Daddy, und nun fürchtet er, dass man sie entführen könnte, wenn sie mal wieder ohne Rücksprache und Erlaubnis unterwegs ist. Deshalb soll einer von uns das Mädchen rund um die Uhr begleiten und bewachen."

Anschließend erläutert Parker die anderen Fälle. Unter anderem geht es um einen ... Hund?!

LIES WEITER AUF SEITE 71

58

„Wir könnten die Hunde bei mir verstecken", schlägt Hill vor. „Ich habe einen großen Keller."

„Sehr gut", sagst du.

„Du wirst morgen früh einen Lieferwagen besorgen, damit wir die Köter zu mir kutschieren können", befiehlt er. „Aber ich warne dich: Wenn du die Polizei einschaltest, werde ich die Hunde erschießen. Klar?"

„Klar", erwiderst du.

Dann schließt Hill dich in einem der Kellerräume ein. Du hast weder Handy noch Waffe, aber dafür eine Idee: Wenn du es schaffst, hier auszubrechen, könntest du heimlich, still und leise die Polizei alarmieren, die Hill im Schlaf überrascht ...

WENN DU DAS VERSUCHST,
LIES WEITER AUF SEITE 39

WENN DU DAS LIEBER LÄSST,
LIES WEITER AUF SEITE 33

Du wartest, bis der Lichtschein ein Stück weitergewandert ist. Erst dann wagst du dich aus der Deckung hervor.
„Hände hoch und langsam umdrehen!“, rufst du.
Die Täter – es sind sogar drei – müssen gehorchen. Du schnappst dir ihre Lampe, die Handys und Waffen. Dann treibst du die Einbrecher mit vorgehaltener Pistole in den Heizungskeller und schließt sie dort ein. Der Raum hat eine massive Stahltür und keine Fenster: ein ideales vorübergehendes Gefängnis.
Nun verständigst du die Polizei, die die Kerle einsammelt und mitnimmt.
Tja, und du bekommst ein dickes Lob von deinem Boss und vom Milliardär Chesterfield.
Gut gemacht, Ron!

ENDE

60

Du stellst dein Auto am Flughafen ab, damit jeder denkt, dass du irgendwohin geflogen bist.
Dann aber lässt du dich von einem Taxi nach Salzburg chauffieren. Das kostet dich zwar ein kleines Vermögen, hat aber den Vorteil, dass dich niemand nach deinem Ausweis fragt. Außerdem hast du ja jetzt genug Geld.
Unter falschem Namen checkst du in einem Nobelhotel ein. Aber der Traum vom süßen Leben erfüllt sich nicht.
Denn nicht nur die Polizei sucht nach dir, sondern auch die Gangster, die du bestohlen hast. Zudem hat Henderson mehrere Privatdetektive angeheuert, die ebenfalls Jagd auf dich machen.
Immer wieder kannst du den Verfolgern entwischen. Aber du empfindest deswegen keinen Triumph. Du bist ständig auf der Flucht, wechselst dein Aussehen fast genauso oft wie die Hotels und hast keine ruhige Minute mehr. Dein Leben ist ein einziges Versteckspiel, und das viele Geld nützt dir dabei auch nichts.
Völlig zermürbt gibst du schließlich auf und stellst dich der Polizei.

ENDE

Du biegst mit quietschenden Reifen vor dem Hindernis ab und rast die Auffahrt hoch. Die verdutzten Gangster brausen euch hinterher – jetzt mit zwei Autos.
„Das ist eine Sackgasse!", schreit Xtra. „Wo willst du denn hin, wenn wir auf dem obersten Parkdeck sind?"
Schon seid ihr dort und schneller, als dir lieb ist, brauchst du eine Antwort auf die Frage des Rappers. Nahezu leer liegt das Deck vor euch. Begrenzt ist es nur von einer Art Reling. Gegenüber befindet sich ein Gebäude, das etwas niedriger ist und ebenfalls ein Flachdach hat.
Und jetzt hast du eine Idee. Eine komplett irre Idee. Du gibst Vollgas und jagst auf die Absperrung zu. Dabei ignorierst du Xtras Schreie. Ungebremst kracht ihr durch das Geländer, fliegt über eine schmale Straße und landet auf dem anderen Dach. Wow, was für ein Stunt!

Die Gangster versuchen, euch zu folgen, aber sie scheitern: Sie sind nicht schnell genug und stürzen ab.
„Geschafft!", sagst du triumphierend. „Und jetzt will ich von dir die ganze Wahrheit wissen, Xtra."
Der Rapper packt aus und berichtet, dass die Gangster ihn einst groß gemacht haben, indem sie ihm ein Studio zur Verfügung stellten und die Promotion übernahmen. Dafür verlangten sie aber einen Großteil seiner Einnahmen – auch dann noch, als Xtra längst ein Star war. Als er sich weigerte, haben sie ihn mit Waffengewalt erpresst. Aber damit ist dank dir jetzt endlich Schluss!

ENDE

„Den brauche ich mal eben. Bringe ihn auch gleich samt Auto wieder zurück. Das ist ein Notfall, sorry“, sagst du zu der Frau und willst ihr den Schlüssel wegnehmen.
Doch die alte Dame krallt sich förmlich daran fest. „Du Strolch!“, keift sie. „Du willst mir das Auto klauen? Aber nicht mit mir!“
Schon haut sie dir erst den Schlüsselbund, dann ihre Handtasche um die Ohren. Der Inhalt muss irgendetwas Schweres sein, eine Kanonenkugel vielleicht oder wenigstens eine Wassermelone. Jedenfalls siehst du Sternchen, als dich das massive Ding an der Schläfe trifft.
Du taumelst zurück, während Kleopatra wie verrückt bellt.
Nun ruft die Oma auch noch um Hilfe. Passanten stürzen sich auf dich, den vermeintlichen Autodieb.
Bis du die Sache aufklären kannst, ist der eigentliche Verbrecher natürlich über alle Berge. Du musst die Polizei einschalten, die sofort eine Fahndung nach dem Kidnapper einleitet. Tatsächlich wird Kiki gefunden – und zwar auf einem abgelegenen Bauernhof. Der Täter wollte ein Lösegeld für sie erpressen. Doch daraus wird nun nichts.
Vorbei ist es auch mit deiner Karriere bei *People Protect*, nachdem du dich derart blamiert hast. Leider wirst du dort entlassen ...

ENDE

Du wirst zur Seite gerissen, der Airbag ploppt auf. Leicht benommen krabbelst du aus der demolierten Karre und siehst voller Entsetzen, wie sich zwei Typen auf das junge Paar stürzen. Kathys Freund schlagen sie nieder. Dann zerren die Kerle das schreiende Mädchen zu einer Limousine.
O Gott, Kathy wird entführt! Und das direkt vor deinen Augen!

**WENN DU SOFORT DIE WAFFE ZIEHST
UND DAS FEUER ERÖFFNEST,
LIES WEITER AUF SEITE 81**

**WENN DU ZUNÄCHST DAS AUTO
DER ENTFÜHRER FOTOGRAFIERST,
LIES WEITER AUF SEITE 34**

**WENN DU ALS ERSTES DIE POLIZEI RUFST,
LIES WEITER AUF SEITE 84**

64

„He, Sie!“, schreist du. „Das ist mein Hund!“ Das stimmt zwar nicht, aber es wirkt.
Der Mann sieht, wie du mit Kleopatra auf ihn zukommst, und reagiert blitzschnell: Er schnappt sich Kiki, schiebt sie in den Kleinlaster, springt ins Führerhaus und gibt Gas!
O nein, das ist der Super-GAU! Der miese Kerl braust mitsamt seiner tierisch wertvollen Beute davon.
Hektisch alarmierst du die Polizei – und dann auch deinen Boss.
Anschließend läufst du zurück zum Anwesen der Millionärin und bringst die anderen Welpen samt ihrer Mama ins Haus.
Bange Stunden vergehen. Wie geht es Kiki?, fragst du dich die ganze Zeit. Was hat der Mann mit ihr gemacht?
Gegen Mitternacht kommen endlich Neuigkeiten: Die Polizei hat den Hundedieb geschnappt. Kiki ist zum Glück wohlauf, der Entführer hat ihr kein Haar gekrümmt.
Du bist heilfroh. Doch auf die Erleichterung folgt die Ernüchterung: Dein Boss feuert dich, weil du nicht gut auf Kiki aufgepasst hast. Das übernimmt jetzt Cosway.

ENDE

„Aber keine Sorge, ich habe für dieses Wochenende vorgekocht. Sie finden alles im Kühlschrank und müssen es nur noch aufwärmen“, sagt Helen. „Und vergessen Sie nicht, die Hunde dreimal auszuführen. Acht Uhr dreißig, vierzehn Uhr und neunzehn Uhr. Sie können dafür den Park nutzen. Ach ja, und am Montag um neun Uhr fünfundvierzig kommt wie immer der Friseur. Um elf Uhr ist Hindernistraining und um sechzehn Uhr fünfzehn Massage für Kleopatra.“

Dann verabschiedet sich die Haushälterin.

Nun bist du mit den sechs Hunden allein in dem großen Haus, das vollgestopft ist mit Antiquitäten und riesigen Ölgemälden. Ein Blick auf die Uhr. Gleich ist Fütterzeit. Nachdem du das erledigt hast, musst du mit der Rasselbande noch spazieren gehen. Du holst die Leinen und ziehst kurz darauf los in den Park, der das herrschaftliche Anwesen weitläufig umschließt. Du lässt die Hunde vorsichtshalber noch nicht frei herumlaufen, weil du dir nicht sicher bist, ob sie auf dich hören. Die rauflustigen Welpen ziehen und zerren dich über die Grünflächen, und du fragst dich, wer hier eigentlich wen ausführt. Irgendwann haben sich die Leinen komplett verheddert – und bei dem Versuch, sie zu entwirren, geschieht es: Unabsichtlich lässt du eine der Leinen los, und schon haut Kiki ab!

WENN DU IHR MIT DEN ANDEREN HUNDEN HINTERHERRENNST, LIES WEITER AUF SEITE 16

WENN DU DEINE SCHÜTZLINGE ERST ANBINDEST, LIES WEITER AUF SEITE 79

67

Die Beamten versprechen, so schnell wie möglich zu kommen. Das tun sie auch – allerdings alles andere als unauffällig. Sie haben Blaulicht und vor allem die Martinshörner eingeschaltet.

O nein!, denkst du voller Panik.

Durch den Lärm werden die Gangster gewarnt. Sie wollen fliehen und bemerken natürlich, dass einer ihrer Leute fehlt. Die Kerle suchen ihren Komplizen und finden ihn bei dir in der Küche. Und jetzt weißt du: Das ist dein

ENDE

Du wischst den Gedanken beiseite. Nein, du bist ein Bodyguard und kein Krimineller. Also alarmierst du die Polizei, damit sich die Beamten um die Entführer kümmern können.
Aber das Lösegeld lieferst du höchstpersönlich bei Henderson und seiner Tochter Kathy ab. Die beiden staunen nicht schlecht, als du mit dem Geld vor der Tür stehst.

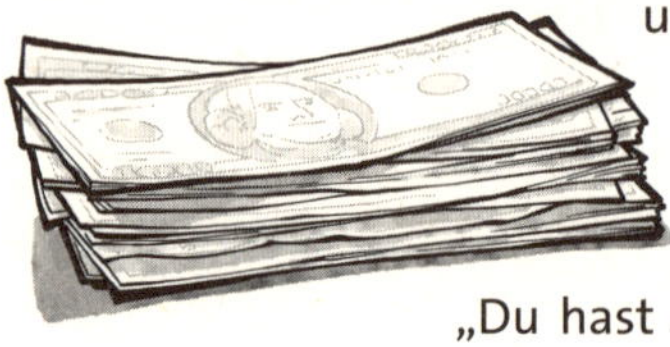

„Okay, Ron", sagt der Multimillionär. „Du hast deinen Fehler wiedergutgemacht. Ich werde mal mit deinem Chef reden. Vielleicht gibt er dir eine zweite Chance. Die hat schließlich jeder verdient."
Und so kommt es auch: Als Parker von deinem mutigen Einsatz erfährt, stellt er dich wieder ein.
Du bist überglücklich! Schließlich ist Bodyguard dein Traumjob.

ENDE

69

Was das werden soll? Deine Antwort besteht aus dem Fleischklopfer, den du auf den Typ wirfst.
Doch der weicht dem Geschoss geschickt aus und zieht blitzschnell seine Pistole.
Das Letzte, was du in deinem Leben siehst, ist das Mündungsfeuer seiner Waffe ...

ENDE

70

Du verlässt das Haus durch den Hintereingang und näherst dich dem rötlichen Glimmen auf leisen Sohlen. Dort steht ein Mann ...

Wer ist das? Was hat er vor?, schießt es dir durch den Kopf.

Du ziehst deine Pistole und entsicherst sie. Dann machst du noch einen Schritt auf den Fremden zu. Dabei knackt dein Knöchel. Das Geräusch alarmiert den Unbekannten und er rennt weg.

WENN DU IHN VERFOLGST,
LIES WEITER AUF SEITE 95

WENN DU DICH LIEBER UM DEINE SCHÜTZLINGE KÜMMERST,
LIES WEITER AUF SEITE 74

„Wie bitte?“, entfährt es Cosway. „Ein Köter?“
„Unterbrich mich nicht!“, schnauzt Parker ihn an. „Bei dem Wauwau handelt es sich um einen sehr seltenen Tibetan Mastiff. Und der ist eineinhalb Millionen Dollar wert.“
Ungläubiges Schweigen.

„Seine Besitzerin, Fiona Hill, ist vergangene Woche gestorben. In ihrem Testament hat sie den Hund als Erben ihres Vermögens – immerhin rund zwanzig Millionen Dollar – eingesetzt. Nun soll jemand auf das Tier aufpassen“, sagt Parker. Schon kommt er zum nächsten Job: „Dann haben wir hier noch Xtra, den Rapper. Der Mann hat viel Geld und scheinbar noch mehr Schwierigkeiten. Welche Probleme das sind, hat er mir nicht verraten. Aber er hat um Personenschutz gebeten.“
Auf der Leinwand taucht das Bild des Rap-Stars auf. Du magst seine Musik sehr.
Parker räuspert sich und zappt zum nächsten Chart. „Schließlich hat uns noch der Milliardär Professor Chesterfield um Hilfe gebeten.“
Chesterfield? Den kennst du nicht. Deinen Kollegen scheint es ähnlich zu gehen.
Als könnte der Boss eure Gedanken lesen, sagt er: „Chesterfield scheut das Licht der Öffentlichkeit. Er wurde an der Börse märchenhaft reich. Sein Geld steckt er unter anderem in eine bemerkenswerte Sammlung ...“ Parker macht eine Pause, lässt seine Worte wirken.

LIES WEITER AUF SEITE 23

72

Du willst lieber einmal ums Haus herumlaufen und versuchen, einen heimlichen Blick hineinzuwerfen. Vielleicht kannst du Cosway bei irgendeiner illegalen Handlung beobachten und sogar dabei filmen! Dann hättest du einen handfesten Beweis gegen ihn.

Du schleichst zur Rückseite und entdeckst ein Fenster. Na, dann wollen wir doch mal, denkst du und spähst hindurch.

Wow, im Hinterzimmer des Schuppens ist doch tatsächlich Cosway. Er spielt Karten mit vier anderen Typen. Auf dem Tisch liegt eine Menge Geld.

Illegales Glücksspiel, da bist du dir ganz sicher. Schon zückst du dein Handy, um die Szene zu filmen.

In dieser Sekunde tippt dir jemand auf die Schulter. Du wirbelst herum und greifst zur Waffe.

Doch der Wachmann, der dich entdeckt hat, ist schneller. „Fahr zur Hölle, Schnüffler!", brüllt er.

Dann kracht ein Schuss.

ENDE

„Das haben wir gleich!“, knurrst du entschlossen und beschleunigst noch einmal.
„Das geht nicht gut, das geht nicht gut!“, schreit Xtra, während die beiden Gangster hinter der Sperre zur Seite springen. Der Rapper behält recht. Denn das Hindernis erweist sich als zu schwer. Du schiebst den anderen Wagen bei dem Crash nur ein Stück beiseite – aber eben nicht ganz. Ihr steckt in der Falle!
Schon wird die Fahrertür aufgerissen. Schüsse fallen und du weißt: Das ist das

ENDE

74

Du läufst zurück ins Haus. Die tierische Rasselbande freut sich, dich wiederzusehen. Die Mastiffs springen um dich herum und fordern dich auf, mit ihnen zu spielen. Du schließt sie alle mehr und mehr in dein Herz. Woche um Woche vergeht, dann Monat um Monat – schließlich Jahr um Jahr. Es ist eine herrliche Zeit, die du überwiegend mit den Hunden verbringst.
Du magst diesen ziemlich ungewöhnlichen Bodyguard-Job inzwischen sehr und gehörst sozusagen mit zur Familie. Oder besser gesagt: zum Rudel!

ENDE

Kurz darauf hast du das Versteck erreicht – ein imposantes Blockhaus.
Vor der Tür steht ein Mann. Er raucht. Ein Wächter?
Vermutlich hat der Kerl sämtliche Schlüssel, und die könnten dir sehr nützlich sein. Aber wie sollst du da rankommen? Wahrscheinlich ist der Typ bewaffnet ...

**WENN DU VERSUCHST, DEN WÄCHTER AUSZUSCHALTEN,
UM AN DIE SCHLÜSSEL ZU KOMMEN,
LIES WEITER AUF SEITE 37**

**WENN DU LIEBER ERST MAL UM DAS GEBÄUDE HERUMSCHLEICHST,
UM ZU SCHAUEN, WO KATHY SEIN KÖNNTE,
LIES WEITER AUF SEITE 14**

76

Du wirst Hendersons Schatten. Tag und Nacht folgst du ihm auf Schritt und Tritt, zum Beispiel auf dem Weg zu seiner Firmenzentrale, wenn er nach Hause kommt oder abends noch einmal ausgeht.
Du gönnst dir kaum Pausen und schläfst nur wenig, weil du Angst hast, etwas Entscheidendes zu verpassen.
Am vierten Tag sitzt du vor Hendersons Villa in einem unauffälligen Mittelklasseauto. Um kurz vor Mitternacht schwingt das schmiedeeiserne Eingangstor auf, und eine dunkle Limousine gleitet auf die Straße. Hendersons Limousine.
Wo will der Millionär um die Zeit noch hin? Bestimmt möchte er das Lösegeld übergeben, vermutest du und fährst hinterher.
Nach einer Viertelstunde erreicht ihr ein Gewerbegebiet. Um diese Uhrzeit ist es dort völlig ruhig. Henderson stoppt vor einer Lagerhalle und steigt aus. Er hat einen Aktenkoffer in der Hand. Garantiert sind da die Millionen drin.
Du parkst in gebührendem Abstand und schleichst zur Halle. Sonst ist niemand zu sehen. Klar, die Täter werden verlangt haben, dass keine Polizei in der Nähe ist.
Da entdeckst du zwei Männer, die eine junge Frau in ihre Mitte genommen haben. Kathy! Henderson beschleunigt seine Schritte.

**WENN DU JETZT EINGREIFST,
LIES WEITER AUF SEITE 111**

**WENN DU ERST EINMAL ABWARTEST,
LIES WEITER AUF SEITE 11**

78

Der stinkende Kerl nimmt dir die Pistole ab und sperrt dich in eine Kammer.
Wenig später taucht Cosway auf. „Was soll das werden? Spionierst du mir nach?“, fragt er dich.
Du schweigst.
Cosway zieht eine Pistole und richtet sie auf dich. Du schließt die Augen und beginnst zu zittern.
„Angst?“, fragt er. „Gut! Denn Angst regiert die Welt, Kleiner. Ich werde mal so nett sein, dich am Leben zu lassen. Aber ich warne dich: Wenn du mir noch einmal zu nahe kommst, werde ich dich ausschalten. Ist das klar?“
Du öffnest die Augen wieder und nickst.
Dann wirft man dich aus dem *Sunset*.
Du bist so froh, mit dem Leben davongekommen zu sein, dass du dich an das Versprechen hältst, das du diesem widerlichen Cosway gegeben hast. Nie wieder spionierst du ihm nach.

ENDE

Du leinst Kleopatra, Madu, Bastet, Makalani und Bebti am nächstbesten Baum an und jagst Kiki hinterher.
Die hat sich durch das Gebüsch gequetscht und saust bellend auf einen Bach zu. Ein rasanter Sprint, ein weiter Sprung – und schon hast du den süßen Ausreißer geschnappt.
Kiki leckt dir übers Gesicht und wedelt heftig mit dem Schwänzchen. Die Wiedersehensfreude ist ganz deinerseits. Du trägst den wertvollen Welpen zurück zu Mama Kleopatra und den Geschwistern. Fröhliches Bellen und Jaulen.

Puh, das ist ja noch einmal gut gegangen!
Später machst du Essen für die Rasselbande. Zum Glück hat die Haushälterin wirklich alles perfekt vorbereitet, denn du kannst nicht gut kochen. Du musst das Rinderfilet für die Hunde nur noch erwärmen.
Im Anschluss schaust du ein wenig Fernsehen, während die Tibetan Mastiffs vor dem Kamin dösen. Abends leinst du die Tiere wieder an. Zeit für den letzten Spaziergang. Es ist bereits dunkel.
Als du die Tür öffnest, bemerkst du in der Nähe der Einfahrt ein schwaches rötliches Licht. Das Aufglimmen einer Zigarette vermutlich. Hm, wer treibt sich da herum?

WENN DU DICH DAVON NICHT IRRITIEREN LÄSST,
LIES WEITER AUF SEITE 104

WENN DU ERST MAL DIE LAGE PEILST,
LIES WEITER AUF SEITE 70

80

Du steckst das Messer zwischen die Knie und beginnst, deine gefesselten Hände vorsichtig an der scharfen Klinge auf und ab zu reiben. Nach einer Minute ist es geschafft: Auch deine Hände sind frei.
Du schnappst dir die Waffe des bewusstlosen Gangsters. Jetzt sind noch zwei Verbrecher übrig.
„He!", schreist du durch die geschlossene Tür. „Eurem Kumpel ist schlecht. Er ist zusammengebrochen und braucht Hilfe!"
Es dauert keine Minute, bis die Tür erneut auffliegt, die beiden verbliebenen Einbrecher in die Küche stürmen und in den Lauf einer Pistole starren.
Eine Pistole, die Ron, der beste Bodyguard von *People Protect*, auf sie gerichtet hat.
„Waffen her und Hände hoch!", herrschst du die Kerle an. Sie müssen gehorchen. Dann rufst du die Polizei, die die Gangster verhaftet.
Gut gemacht!

ENDE

Bäm, bäm, bäm!
Du bist ein geübter Schütze und triffst, wie geplant, einen der beiden Hinterreifen. Die Limousine gerät zwar ins Schlingern, kann aber die Flucht fortsetzen. Der Pick-up, der dich gerade gerammt hat, folgt der Luxuskarre.
O Mann, du hast auf ganzer Linie versagt! Denn an eine Verfolgung ist nicht zu denken. Dein Auto fährt nicht mehr.
Dir bleibt nichts anderes übrig, als die Polizei zu alarmieren. Dann kümmerst du dich um Kathys Freund, der aber glücklicherweise kaum etwas abbekommen hat.
Während die Fahndung nach den Entführern läuft, musst du auch Kathys Vater informieren. Hendersons Reaktion ist eine Mischung aus tiefer Sorge um seine Tochter und grenzenloser Wut auf dich. Er faltet dich am Telefon zusammen.
Auch dein Boss Parker ist stinksauer. Du wirst bei *People Protect* gefeuert – auch deshalb, weil du auf das Auto geschossen hast.
„Das war unverantwortlich, denn du hättest Kathy treffen können", schimpft Parker.
In der Branche bist du verrufen. Niemand will dich nach diesem Fiasko mehr. Du schlägst dich als Mitarbeiter eines Security-Unternehmens durchs Leben. Objektschutz.
Zwei Wochen später wird Kathy nach der Zahlung eines hohen Lösegeldes freigelassen. Sie ist unversehrt geblieben. Wenigstens das!

ENDE

Geduckt hetzt ihr zum Wagen.
„Schlüssel her, jetzt fahr ich!", herrschst du Xtra an, und er gehorcht. Du startest den Motor. Wow, was für ein Sound in der Garage!
Du rammst den ersten Gang rein. Mit durchdrehenden Breitreifen schießt du aus der Parklücke.

Bäm, bäm, bäm! Drei Kugeln schlagen in der edlen Karosse ein.
„Mein schönes Auto!", jammert der Rapper.
„Sei froh, dass die Kugeln nur das Auto treffen und nicht dich", erwiderst du knapp, während du im Rückspiegel siehst, wie die Gangster in einen Wagen springen und euch weiter verfolgen. Als du zur Ausfahrt gelangst, erlebst du eine böse Überraschung: Sie wird von einem anderen Auto blockiert. Zwei weitere Verbrecher lauern mit gezogenen Waffen hinter dem Fahrzeug.
„O nein!", ruft Xtra.

WENN DU IN DAS HINDERNIS KRACHST,
UM DAS ANDERE AUTO ZUR SEITE ZU SCHIEBEN
UND FREIE BAHN ZU HABEN,
LIES WEITER AUF SEITE 73

WENN DU EINEN ANDEREN WEG WÄHLST,
LIES WEITER AUF SEITE 61

Als sich die Karre in Bewegung setzt, reißt du die Beifahrertür auf und versuchst, dich in den Wagen zu ziehen. Doch der Entführer hat etwas dagegen und rammt dir die Faust unters Kinn. Du fliegst aus dem fahrenden Auto und krachst auf den harten Asphalt.

Mann, tut das weh! Dir schießen Tränen in die Augen – vor Schmerz und vor Wut, weil der Täter mit der armen Kiki entkommt.

Dir bleibt nichts anderes übrig, als die Polizei einzuschalten. Auch deinen Boss musst du informieren.

Dem Täter gelingt trotz Fahndung die Flucht. Er verlangt hunderttausend Dollar für die Freilassung des Welpen, die er auch bekommt.

Tags darauf wird Kiki gefunden. Der Entführer hat sie in einem Park an einen Baum gebunden. Der Welpe ist unversehrt. Ein Glück!

Aber du bist deinen Job los ...

ENDE

Das Debakel ist perfekt. Bis die Polizei vor Ort ist, sind die Entführer mit Kathy über alle Berge. Kurz darauf stellen sie eine Lösegeldforderung von zehn Millionen Dollar.
Kathys Vater schwankt zwischen Angst um seine Tochter und Wut über das Versagen von *People Protect*. Also *dein* Versagen!
Parker, euer Boss, trommelt das gesamte Team zusammen. Schadensanalyse, Fehlersuche. Schließlich darf sich so etwas nicht wiederholen, sonst kann Parker seine Firma dichtmachen.
Du musst alles erzählen, und natürlich macht man dir Vorwürfe. Vor allem Cosway heizt dir ein: „Du hättest auch die Hintertür im Auge haben müssen, du Anfänger!"
Du stutzt. Dass Kathy mit ihrem Freund durch den Hinterausgang entwischte, hast du nicht erwähnt. Woher weiß er das?
Während du noch grübelst, verkündet Parker, dass er dich leider feuern muss. Das hast du befürchtet. Auweia ...
Bedrückt schleichst du nach Hause. Dabei kreisen deine Gedanken weiter um die Entführung. Cosways Bemerkung fällt dir wieder ein. Woher weiß der das mit der Hintertür?, fragst du dich erneut.

**WENN DU DIE SACHE AUF SICH BERUHEN LÄSST,
UM ALLES NICHT NOCH SCHLIMMER ZU MACHEN,
LIES WEITER AUF SEITE 96**

**WENN DU NACHFORSCHUNGEN ANSTELLST,
LIES WEITER AUF SEITE 105**

Du kommst auf die Knie und ziehst dich an einem Küchenstuhl hoch. Zum Glück haben die Täter deine Hände nicht hinter dem Rücken zusammengebunden!
Wie beim Sackhüpfen springst du zu einer Schublade und reißt sie auf. Prima, ein Fleischklopfer!
Mühsam packst du ihn mit deinen gefesselten Händen und schleuderst ihn auf die Scheibe. Doch deine Bewegung ist ungelenk, du triffst nur den Fensterrahmen. Es knallt fürchterlich, und der Fleischklopfer kullert dir vor die Füße. Die Scheibe aber ist heil geblieben.
Schon fliegt die Tür auf.
„He, was soll das werden?“, wirst du von einem der Gangster angeschrien.

WENN DU DEN KERL MIT DEM FLEISCHKLOPFER ANGREIFST,
LIES WEITER AUF SEITE 69

WENN DU NICHTS TUST,
LIES WEITER AUF SEITE 116

Du begleitest Xtra auf seiner Tournee, bei der er sein neues Album vorstellt. Jeden zweiten Tag seid ihr woanders. Eine neue Stadt, eine neue Halle. Jedes Konzert ist ausverkauft. Die Fans feiern ihren Star.

Du lernst Xtra immer besser kennen. Er ist eine coole Socke. Ein drahtiger Typ, der über und über tätowiert ist, immer einen lockeren Spruch auf Lager hat und gerne lacht. Jeder scheint ihn zu mögen. Schwer vorstellbar, dass er Feinde hat und einen Bodyguard wie dich braucht.

Als du ihn darauf ansprichst, weicht er dir aus. Aber ein Schatten legt sich dabei über seinen Blick und du ahnst, dass irgendetwas nicht stimmt. Hat Xtra Angst? Aber vor wem oder was?

Nach der Tournee stürzt sich der Rapper wieder in die Studioarbeit. Er bastelt schon an neuen Tracks. Du bleibst auf der Hut und weichst ihm kaum von der Seite. Auch nachts nicht, wenn Xtra durch die Clubs zieht. Er ist ein ziemliches Partybiest – und du bist nicht nur sein Bodyguard, sondern auch sein Fahrer.

Als ihr eines Nachts zu seinem Ferrari geht, den du vor einem Club geparkt hast, fallen dir drei Typen auf, die vor dem Luxuswagen herumlungern. Sofort stellen sich deine Nackenhaare auf.

WENN DU XTRA ZURÜCK IN DEN CLUB SCHIEBST,
LIES WEITER AUF SEITE 94

WENN DU WEITERGEHST,
LIES WEITER AUF SEITE 103

Jetzt bist du drin. Schummriges Licht, dezente Musik. Es ist eine Menge los. Die Gäste sitzen an Tischen oder an der Bar. Du verdrückst dich in eine Nische, schaust dich um. Kein Cosway. Aber er ist doch immer hier um diese Uhrzeit ...
Vielleicht gibt es im *Sunset* Hinterzimmer, fällt dir ein.
Da steuert ein Kellner auf dich zu, und du bestellst etwas bei ihm.

WENN DU DEN KELLNER NACH COSWAY FRAGST, LIES WEITER AUF SEITE 56

WENN DU DAS SUNSET LIEBER UNAUFFÄLLIG NACH EINEM HINTERZIMMER ABSUCHST, LIES WEITER AUF SEITE 48

Du hetzt ihm hinterher. Ein Fehler, wie du feststellen musst, als du ihn schon an der Jacke gepackt hast. Denn der Kerl ist nicht allein. Er hat zwei Komplizen, die sich auf dich stürzen.
Du wehrst dich nach Leibeskräften, teilst auch hübsch aus – aber gegen die Übermacht hast noch nicht einmal du eine Chance.
Man ringt dich nieder. Einer der Typen fesselt deine Hände vor dem Bauch. Dann treibt man dich zurück in die Villa des Dinoknochen-Sammlers.
Jetzt, im Licht einer Taschenlampe der Täter, erkennst du, dass das Trio mit Strumpfmasken getarnt ist. Zwei von ihnen tragen Schusswaffen.
Die Einbrecher sperren dich in die Küche und fesseln nun auch noch deine Beine.
Na super, denkst du, als die Tür hinter den Gangstern zukracht. Du bist ja ein toller Bodyguard!
Bestimmt haben es die Männer auf die kostbaren Fossilien abgesehen. Es wird sicher eine Weile dauern, bis sie die große Beute abtransportiert haben. Diese Zeit solltest du nutzen ...

WENN DU VERSUCHST, AN EIN KÜCHENMESSER HERANZUKOMMEN, LIES WEITER AUF 97

WENN DU LIEBER EINE SCHEIBE EINSCHLAGEN WILLST, UM NACHBARN AUF DEINE LAGE AUFMERKSAM ZU MACHEN, LIES WEITER AUF SEITE 85

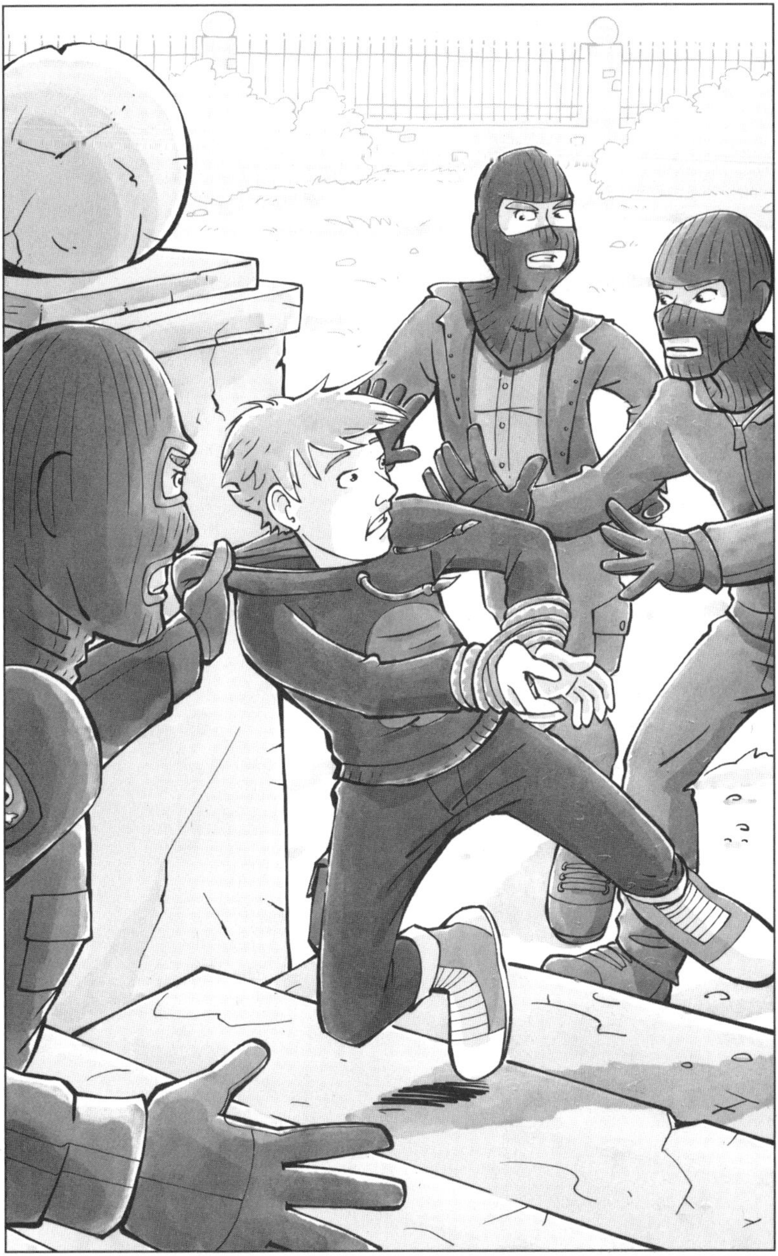

90

Notgedrungen lässt du dich von dem Kellner nach hinten dirigieren. Er begleitet dich in einen Raum, in dem es nach Nikotin stinkt. Eine Zockerhöhle mit einem massiven Tisch, auf dem Spielkarten liegen.

Cosway lehnt am Fenster und starrt dich an wie ein Stier, der gleich auf den Torero losgehen will. Er hat die Arme hinter dem Rücken verschränkt.

Der Kellner schließt die Tür, bleibt aber im Raum.

„Was soll das, du Anfänger?“, fragt Cosway dich mit drohendem Unterton. „Hat man dir bei *People Protect* nicht beigebracht, unauffällig vorzugehen?“

Du schluckst. Ja, es war definitiv ein Fehler gewesen, vorhin deinen Namen zu nennen.

„Wieso schleichst du mir hinterher?“, will Cosway wissen. „Und erzähl mir jetzt bloß keinen Mist. Ich merke sofort, wenn mich jemand anlügen will.“

Okay, dann also raus mit der Wahrheit. Du sagst Cosway, was dir während der Besprechung in der Firma aufgefallen ist.

Er grinst höhnisch. „Gut aufgepasst. Und es stimmt: Ich habe bei der Entführung der reichen Kathy mitgeholfen. Ich brauchte nun mal Geld. Spielschulden. Also hast nicht nur du einen Fehler gemacht. Aber im Gegensatz zu dir kann ich die Sache geradebiegen.“

Er zieht eine Pistole hinter seinem Rücken hervor und drückt ohne zu zögern ab ...

ENDE

„Was hast du vor?“, fragst du.
„Das wirst du gleich sehen“, erwidert der Mann kalt. „Dreh dich um und gib mir deine Knarre und dein Handy. Aber keine Tricks, ich schieße sofort.“
Du gehorchst und erkennst, dass der Typ etwa fünfzig ist.
Er steckt deine Waffe und dein Handy ein.
„Los, du gehst vor. Zurück ins Haus“, befiehlt er dir. „Und vergiss bloß keinen der Köter.“
Du folgst auch dieser Anweisung.
Als ihr mit den Hunden in der Küche angekommen seid, meint der Mann: „Hier hört keiner die Schüsse ... “
Du schluckst. „Was soll das werden?“, fragst du erneut.
„Was wohl, du Idiot? Ich werde die Hunde töten. Sie haben fast das gesamte Vermögen geerbt! Und was bekam ich? Nur den Pflichtteil.“
„Verstehe, Sie sind der Sohn von Fiona Hill.“
„Gut erkannt. Ich bin Peter Hill. Sie hat mich enterbt. Und jetzt werde ich mich an den dämlichen Kötern rächen. Wenn ich so gut wie nichts bekomme, sollen die Hunde auch nichts davon haben.“ Er beginnt, irre zu kichern. „Und dafür werde ich deine Pistole nehmen. Jeder wird glauben, dass du die Viecher abgeknallt hast.“
Oh Gott, das kannst du nicht zulassen!

WENN DU VERSUCHST, DEM KERL EINE DER LEINEN UM DIE OHREN ZU HAUEN,
LIES WEITER AUF SEITE 18

WENN DU IHM ZUM SCHEIN ANBIETEST, MIT IHM GEMEINSAME SACHE ZU MACHEN,
LIES WEITER AUF SEITE 55

92

Mit einem Satz bist du aus deiner Deckung aufgetaucht, die Waffe im Anschlag, und rufst: „Hände hoch oder ich schieße ... verdammt!“
Das Licht der Taschenlampe blendet dich, und du wendest dich ab.
In dieser Sekunde bekommst du einen Schlag an die Schläfe und sackst zusammen. Die Pistole gleitet aus deinen Händen.
Als du wieder zu dir kommst, musst du feststellen, dass die Täter die wertvollen Fossilien gestohlen haben.
O Mann, das gibt Ärger!
Stimmt, alle sind sauer auf dich. Nicht nur der spleenige Professor Chesterfield, sondern auch dein Chef.
„Tut mir leid, Ron“, sagt Parker mit gerunzelter Stirn. „Aber für einen Bodyguard mit deinen zweifelhaften Qualitäten ist bei *People Protect* kein Platz ... “

ENDE

Du gibst Vollgas, aber die Gangster tun das auch. Während der eine steuert, eröffnet der andere durch die heruntergelassene Fensterscheibe das Feuer auf deinen Wagen. Er trifft einen der Hinterreifen, und dein Auto beginnt zu schlingern.
Beim Versuch gegenzulenken, verreißt du das Steuer – und dein Wagen kracht gegen einen Baum.
Halb besinnungslos siehst du, wie die Verbrecher aus ihrem Auto springen. Der eine zerrt die weinende Kathy aus dem Wrack, der andere stapft mit entschlossenem Blick auf dich zu und richtet seine Waffe auf dich. Dann drückt er ab.
Du hast Glück im Unglück, weil die Kugel dich nicht tötet. Ein Pilzesammler findet dich und sorgt dafür, dass du in eine Klinik kommst, wo man dich operiert.
Als du drei Tage später wieder einigermaßen fit bist, erfährst du, dass Kathy nach der Zahlung eines hohen Lösegeldes freigelassen wurde.
Du bist sehr erleichtert, als du zudem hörst, dass sie wohlauf ist. Das kann man von dir nicht sagen. Die Schussverletzung hindert dich daran, deinen Bodyguard-Job weiter auszuüben.

ENDE

„He, was soll das?“, fragt Xtra dich. Seine Aussprache ist verwaschen, denn er hat heute Abend zu viel getrunken. „Willst du noch Party machen?“

„Nein“, erwiderst du knapp und deutest auf die drei Typen. „Aber diese Vögel da vorn gefallen mir nicht.“

Der Rapper glotzt in die angegebene Richtung. „Ach, die ... Okay, lass uns mal lieber verschwinden.“

„Wer sind die?“, hakst du nach.

„Egal, musst du nicht wissen“, weicht Xtra aus. Dann folgt er dir zurück in den Club.

Du parkst ihn an der Bar bei seinen Freunden und gehst noch einmal allein auf die Straße, um zu schauen, ob die drei Vögel weg sind. Leider nicht. Die Typen warten nach wie vor bei Xtras Ferrari.

Hm, was machst du jetzt?

**WENN DU DIE MÄNNER ANSPRICHST,
LIES WEITER AUF SEITE 115**

**WENN DU ZU XTRA ZURÜCKKEHRST,
LIES WEITER AUF SEITE 43**

Du hetzt dem Unbekannten hinterher und siehst, wie er in einen Wagen springt. Dein Auto ist zum Glück nicht weit entfernt, und du kannst die Verfolgung aufnehmen.
Du lässt dem Typ ein wenig Vorsprung. Er muss ja nicht wissen, was du vorhast.
Schließlich erreicht er einen Außenbezirk der Stadt und hält vor einem kleinen, ziemlich heruntergekommenen Haus. Der Mann steigt aus, ohne sich umzuschauen. Offenbar rechnet er nicht damit, dass ihm jemand gefolgt ist.
Dann betritt er das Gebäude. Du wartest ein paar Minuten, steigst ebenfalls aus und schaust nach, was auf dem Klingelschild steht. Du staunst, als du den Namen *Peter Hill* liest.
Hill ... handelt es sich etwa um einen Verwandten der verstorbenen Millionärin und Hundebesitzerin Fiona Hill? Ziemlich wahrscheinlich.
Du ziehst dich in dein Auto zurück und googelst beide Namen. Bingo, Peter Hill ist der Sohn von Fiona Hill. Beim Erbe wurde er aber weitgehend übergangen, erfährst du aus dem Bericht eines Online-Klatschblattes.
Hm, wollte Peter Hill etwas aus der Villa stehlen? Vielleicht sogar die wertvollen Hunde?

WENN DU IHN ZUR REDE STELLST,
LIES WEITER AUF SEITE 50

WENN DU LIEBER EINEN KOLLEGEN VON PEOPLE PROTECT EINSCHALTEST, DER SICH UM PETER HILL KÜMMERT, WÄHREND DU WEITER DIE MASTIFFS BESCHÜTZT,
LIES WEITER AUF SEITE 30

96

Nein, einen Ex-Kollegen willst du nicht belasten beziehungsweise ihm nachstellen. Denn vielleicht hat Cosway die Sache mit der Hintertür von jemand anderem erfahren. Zum Beispiel von einem der ermittelnden Beamten.
Also verhältst du dich ganz ruhig und wirbelst keinen Staub auf. Du hast eh schon genug Mist gebaut.
In der Bodyguard-Branche versuchst du erst gar nicht dein Glück. Dein Name ist mit Kathys Entführung verknüpft. Niemand würde dich mehr einstellen.
Also sattelst du um und wirst eine Art Nachtwächter. Objektschutz. Kein Traumjob für einen wie dich, aber besser als nichts ...

ENDE

Gut, dass die Täter deine Hände nicht hinter deinem Rücken gefesselt haben! So gelingt es dir, eine Küchenschublade aufzuziehen. Bingo, da ist ein Messer!
Notgedrungen nimmst du es mit beiden Händen und schneidest deine Fußfesseln durch. Schritt Nummer eins ist erledigt. Ungleich schwieriger wird es, die Stricke an deinen Händen zu durchtrennen. Während du überlegst, wie du das anstellen sollst, hörst du Schritte.
Jemand kommt zur Küche, da hast du keine Zweifel.

WENN DU DICH WIEDER HINKAUERST UND SO TUST, ALS WÄREN DEINE BEINE NOCH IMMER GEFESSELT, LIES WEITER AUF SEITE 35

WENN DU VERSUCHST, DEN EINBRECHER ZU ÜBERWÄLTIGEN, LIES WEITER AUF SEITE 46

98 Das ist keine gute Idee! Denn als du dem Mann trotz des Streifschusses hinterherschleichst, trittst du auf einen trockenen Ast. Das Geräusch sorgt dafür, dass der Kerl sich umdreht und dich entdeckt.
Wieder hebt er die Schusswaffe. Und diesmal zielt er besser. Viel besser ...

ENDE

Du fährst zu dem Autohändler und kaufst notgedrungen die Karre. Denn so bekommst du den Vorbesitzer genannt.
Dein Puls schlägt schneller, weil du jetzt den Namen und die Adresse des Mannes hast, der mit größter Wahrscheinlichkeit an Kathys Entführung beteiligt ist.
Du checkst die Adresse über Google Maps und erkennst, dass es sich um ein frei stehendes Haus in einem Waldgebiet handelt. Richtig schön abgelegen und somit ideal, um ein Entführungsopfer zu verstecken.
Du fährst dorthin, stellst das Auto zweihundert Meter vor deinem Ziel ab und läufst den Rest zu Fuß. Dabei meidest du die Straße und schleichst stattdessen durch den Wald. Unter deiner Jacke ruht die durchgeladene Pistole.

LIES WEITER AUF SEITE 75

100

„Guten Tag, kann ich mir kurz Ihr Auto ausleihen?“, fragst du hektisch. „Einer meiner Hunde wurde entführt, und ich muss dem Täter schnell hinterher!“ Du deutest auf den Kleinlaster, der sich gerade in den Verkehr einreiht.
„Gerne helfe ich dir, Jungchen“, erwidert die alte Dame. „Aber ich fahre. Ich liebe Autofahren!“
Du brichst innerlich zusammen. Bestimmt fährt die Oma ganz furchtbar langsam. Aber es fehlt die Zeit für Diskussionen.
„Na schön“, sagst du. „Beeilen wir uns!“
Die alte Dame wirft ihren Gehstock auf die Rückbank und setzt sich hinters Steuer. Und du rutschst auf den Beifahrersitz – mit Kleopatra auf deinem Schoß.
Und dann erlebst du dein blaues Wunder. Denn die alte Dame heizt wie der Henker. Rote Ampeln? Werden ignoriert. Stoppschilder? Mit Vollgas drüber! Dabei lacht die Oma und hupt jeden Radfahrer von der Piste, der ihr im Weg ist.
Schnell holt ihr den Täter ein.
„Haha!“, jubelt die alte Dame. „Jetzt ramme ich den! Dann ist der Laster gestoppt, und wir befreien dein Hundchen!“
Oh Gott!, denkst du. Ob das gut geht?

**WENN DU DIE OMA GEWÄHREN LÄSST,
LIES WEITER AUF SEITE 27**

**WENN DU DEN CRASH VERHINDERN WILLST,
LIES WEITER AUF SEITE 44**

102

Du bist dir ziemlich sicher, dass die Täter das Auto, mit dem sie Kathy entführt haben, loswerden wollen. Denn darin könnten die Beamten die DNA der Kerle finden.
Entweder stecken die Typen die Karre in Brand oder aber sie verkaufen das Auto. Hoffentlich Letzteres, denkst du und checkst den Gebrauchtwagenmarkt in deiner Stadt. Immerhin weißt du dank der Fotos, die du in der Tatnacht gemacht hast, nach welchem Fahrzeugtyp du suchen musst.
Zunächst verläuft deine Suche erfolglos. Doch du bleibst am Ball und studierst täglich das Angebot.
Im Internet erfährst du auch, dass die Geldübergabe noch nicht stattgefunden hat. Die Verhandlungen ziehen sich offenbar hin.
Nach zwei Tagen wirst du fündig: Der Wagen steht tatsächlich bei einem Gebrauchtwagenhändler!

WENN DU JETZT DIE POLIZEI EINSCHALTEST,
LIES WEITER AUF SEITE 108

WENN DU AUF EIGENE FAUST ERMITTELST,
LIES WEITER AUF SEITE 99

„Na, Xtra?“, begrüßt einer der Typen den Rap-Star.
Der Mann mit dem Glatzkopf ist nicht gerade groß, aber muskelbepackt. Einer von der Sorte Kickboxer, denkst du. Dich übersieht er einfach. Innerlich machst du dich bereit für einen Kampf. Aber gegen alle drei?
Xtra nickt ihm kurz zu und schweigt.
„Du schuldest uns noch was“, fährt der Mann fort. „Seit zwei Wochen.“
Welche Schulden?, wunderst du dich. Jeder deiner Muskeln ist angespannt.
Nun schüttelt der Rapper den Kopf. „Nein, das stimmt nicht.“
Ein freudloses Lachen, dann machen der Glatzkopf und seine beiden Begleiter einen Schritt auf deinen Schützling zu. Deine Augen weiten sich vor Entsetzen. In ihren Händen liegen Messer!

WENN DU DICH VOR XTRA STELLST,
UM IHN ZU BESCHÜTZEN,
LIES WEITER AUF SEITE 32

WENN DU SOFORT ANGREIFST,
LIES WEITER AUF SEITE 20

104

Mit der Rasselbande an den Leinen gehst du die Einfahrt hinunter. Jetzt ist dort niemand mehr zu sehen. Vielleicht hast du dich vorhin ja auch geirrt?
Plötzlich hörst du ein Klicken direkt hinter dir. Dieses Geräusch kennst du nur zu gut. So klingt es, wenn eine Schusswaffe entsichert wird.
„Hände hoch!“, zischt jemand.
Du bleibst ganz cool. „Und wenn ich das nicht tue?“
„Dann muss ich dich leider abknallen“, sagt die Männerstimme. „Aber das ist eigentlich nicht nötig. Ich will nur die Köter. Du interessierst mich gar nicht. Du bist mir bloß im Weg.“
Du zögerst. Es ist dein Job, die Hunde zu beschützen …

**WENN DU ZUM ANGRIFF ÜBERGEHST,
LIES WEITER AUF SEITE 9**

**WENN DU ERST EINMAL ABWARTEST,
LIES WEITER AUF SEITE 91**

Ob Cosway mit den Tätern unter einer Decke steckt?, überlegst du. Aber was treibt ihn an? Pure Geldgier? Ihr verdient bei *People Protect* eigentlich sehr gut ... Doch vielleicht hat er ja Schulden?
Du beschließt, deinen Ex-Kollegen zu beschatten. Zeit genug dafür hast du ja, denkst du bitter.
Bei deinen Recherchen stellst du fest, dass Cosway jeden Freitagabend gegen zweiundzwanzig Uhr eine Bar namens *Sunset* besucht. Von dem Laden hast du schon einmal gehört. Angeblich ist das *Sunset* ein Treffpunkt der Unterwelt. Dort sollte man sich eigentlich nicht blicken lassen, wenn man eine weiße Weste hat.
An einem dieser Freitage fährst du gegen zweiundzwanzig Uhr zwanzig zum *Sunset*. Und jetzt? Sollst du einfach mal da reinspazieren?

WENN DU DICH IN DER BAR UMSCHAUST,
LIES WEITER AUF SEITE 87

WENN DIR DAS ZU RISKANT IST,
WEIL COSWAY DICH DORT ENTDECKEN KÖNNTE,
LIES WEITER AUF SEITE 72

106

Du sperrst auf und schaust hinaus. Niemand zu sehen. Auch kein Lichtschein.
Der Angriff kommt so überraschend, dass du noch nicht einmal einen Schrei ausstoßen kannst. Jemand hat in einer Nische neben dem Eingang gelauert und schickt dich mit einem Schlag gegen den Kopf ins Reich der Träume.
Als du mit schmerzender Birne aufwachst, musst du feststellen, dass man dich gefesselt und geknebelt hat.
Vier Einbrecher räumen in aller Ruhe Chesterfields Villa leer. Vor allem haben sie es auf die wertvollen Fossilien abgesehen, die auf Nimmerwiedersehen verschwinden.
Als Bodyguard hast du auf ganzer Linie versagt.

ENDE

Wenn du ihm nachsetzt, wären die Dino-Knochen unbewacht – und vielleicht hat der Mann Komplizen. Schließlich war da ein Licht am Vordereingang ...
Also bleibst du in der Villa. Als Erstes zündest du eine Kerze an. Dein Handy ist ja im Eimer. Dann suchst und findest du den Sicherungskasten.
Der Kasten ist ohne Strom. Egal welchen Schalter du drückst, es tut sich nichts. Du versuchst, über das Festnetz-Telefon Hilfe zu holen. Auch tot.
Da hat jemand sehr gründliche Arbeit geleistet. Vermutlich ein ganzes Team, eine Bande. Einer am Hintereingang, einer vorn – und wer weiß, ob es noch mehr Täter gibt, die in die Villa einbrechen wollen. Bestimmt sind die Kerle scharf auf die Fossilien!
Rasch kontrollierst du, ob alle Türen und Fenster geschlossen sind. Dann setzt du dich mit deiner Pistole in der Hand in das stockdüstere Foyer. Für eine Weile ist es totenstill.
Plötzlich hörst du etwas. Ein Poltern, Schritte. Die Geräusche kommen von oben. Etwa vom Dachboden?, durchfährt es dich. Mist, da gibt es garantiert auch ein Fenster. Und genau das hast du nicht überprüft, du Anfänger!

WENN DU DORT OBEN NACHSCHAUST,
LIES WEITER AUF SEITE 15

WENN DU IM FOYER BLEIBST,
LIES WEITER AUF SEITE 12

108

Die Beamten bedanken sich für den Tipp und kommen den Entführern dank dir auf die Spur. Kathy wird gefunden und befreit!

Die Polizisten lassen sich in den Medien feiern. Auch Henderson ist voll des Lobes für die Beamten.

Und du? Obwohl du den entscheidenden Hinweis geliefert hast, vergisst man dich. Niemand erwähnt deinen Namen.

Manchmal ist das Leben einfach ungerecht ...

ENDE

Du bindest Kleopatra und die verbliebenen Welpen an einen Baum und machst dich allein auf die Suche nach Kiki.
Keine gute Idee, denn mit Kleopatras Spürnase hättest du viel bessere Chancen gehabt, den süßen kleinen Hund zu finden. So aber irrst du ziel- und planlos in der Gegend herum und hast null Erfolg. Geknickt kehrst du zurück und bringst die Hunde ins Haus.

Dann schaltest du die Polizei und deinen Boss ein. Parker ist total wütend und entlässt dich.
Aus den Medien erfährst du tags darauf, dass ein Spaziergänger den Tibetan Mastiff gefunden und im Tierheim abgeliefert hat. Kiki ist wohlauf, ein Glück!
Und du? Du kannst dir einen neuen Job suchen. Aber keinen, der etwas mit Hunden zu tun hat, nimmst du dir fest vor ...

ENDE

110

Lautlos gehst du zum Hinterausgang. Dein Plan: Du willst von dort aus nach vorn schleichen und überprüfen, was es mit dem seltsamen Licht auf sich hat. Falls da ein Einbrecher sein sollte, kannst du ihn überraschen.

Jetzt hast du die Hintertür erreicht. Aber was ist das? Ein Knacken und Knirschen! Offenbar macht sich gerade jemand am Schloss zu schaffen.

Du musst die Villa verteidigen, das ist dein Job. Kurzerhand reißt du die Tür auf und leuchtest dem Verbrecher mit der Handytaschenlampe ins Gesicht. Der Kerl ist geblendet, schlägt aber wild um sich. Dabei erwischt er dein Handy, das auf den Boden knallt. Der Einbrecher tritt mit voller Wucht darauf, bis das Ding nur noch Konfetti ist.

Allein schon deshalb verpasst du dem Angreifer einen Schlag vor die Brust, der ihn zurückwirft. Jammernd rappelt er sich auf und flieht.

**WENN DU IHN VERFOLGST,
LIES WEITER AUF SEITE 88**

**WENN DU DAS LIEBER LÄSST,
LIES WEITER AUF SEITE 107**

Du rennst geduckt los, huschst geräuschlos von Mülltonne zu Mülltonne, von Auto zu Auto. Jetzt bist du nur noch wenige Meter von den Gangstern sowie Henderson und Kathy entfernt.

Du ziehst deine Pistole, springst aus der Deckung hervor und rufst: „Hände hoch! Und lasst sofort das Mädchen frei!“

Vater und Tochter starren dich mit großen Augen an, wirken wie gelähmt. Nicht so einer der Gangster. Blitzschnell zieht er ein Messer und hält es Kathy an den Hals. Sie schreit auf.

„Gib mir die Waffe, du Idiot“, brüllt er dich an. „Sonst geht es der Kleinen schlecht.“

Du zögerst.

„Tun Sie, was er sagt!“, blafft Henderson.

Du gehorchst und wirfst dem Entführer deine Waffe zu. Die Kerle bedanken sich höhnisch bei dir. Dann nehmen sie Henderson den Koffer ab und kontrollieren den Inhalt.

„Brav“, sagt einer der Männer. „Und zur Strafe, dass Sie uns mit diesem Bodyguard-Verschnitt linken wollten, werden wir Ihr Töchterchen wieder mitnehmen und einen Nachschlag fordern.“

„Ich wusste nicht, dass dieser Typ dazwischenfunkt“, beteuert der Millionär, doch das interessiert die Entführer nicht.

Erst als Henderson einige Tage später noch einmal fünf Millionen Dollar bezahlt, kommt Kathy unversehrt frei. Dir macht er natürlich die Hölle heiß – du bist in der Branche endgültig erledigt.

ENDE

112

„Ich werde dich jetzt filzen, Kleiner“, lallt der Mann.
Gut, jetzt muss er nah genug herangekommen sein. Du rammst deinen rechten Ellbogen mit voller Wucht nach hinten und triffst den Kerl an der Nase. Er heult auf, du wirbelst herum und verpasst ihm einen Aufwärtshaken unters Kinn. Der Typ sackt zusammen, die Waffe gleitet ihm aus den Händen.
Nun hast du freie Bahn und beginnst, den Keller zu durchsuchen. Dabei gelangst du in einen Vorraum mit einer weiteren Tür, die einen Spalt offen steht. Du spähst hindurch und siehst eine Gruppe Männer, die pokert. Teilweise liegen große Geldsummen vor ihnen. Nur vor einem nicht: Cosway.
Heimlich filmst du die Szene mit deinem Handy. Dann verschwindest du und wendest dich an deinen Ex-Boss Parker sowie an die Polizei.
Cosway wird wegen illegalen Glücksspiels festgenommen und verhört. Dabei stellt sich heraus, dass er hohe Spielschulden hat – und außerdem an der Entführung von Kathy beteiligt war, um an Geld zu kommen. Cosway verrät seine Komplizen, und die Millionärstochter wird befreit, ohne dass ihr ein Haar gekrümmt oder Lösegeld gezahlt werden musste.
Und das ist in erster Linie dein Verdienst!

ENDE

114

Du bist nur noch wenige Schritte von dem Mann und Kiki entfernt. Da entdeckt der Welpe seine Mama und beginnt, vor Freude zu jaulen und zu kläffen.

Dadurch wird der Mann auf Kleopatra und dich aufmerksam. Er springt auf, packt Kiki, schleudert das arme Tier in den Kleinlaster und rammt die Tür ins Schloss. Dann springt der Hundedieb hinters Steuer und startet den Motor.

WENN DU VERSUCHST,
AUF DEN BEIFAHRERSITZ ZU GELANGEN,
LIES WEITER AUF SEITE 83

WENN DU DICH NACH EINEM FAHRBAREN UNTERSATZ UMSIEHST,
UM DIE VERFOLGUNG AUFZUNEHMEN,
LIES WEITER AUF SEITE 13

„He, Jungs, was soll das werden?", fragst du ganz locker, während du dich innerlich für einen Kampf wappnest.
„Was soll was werden?", knurrt dich einer der Männer an.
Du baust dich vor ihm auf. „Ihr steht vor dem Wagen von Xtra. Das mag er nicht, und das mag ich auch nicht. Macht euch vom Acker."
Die Antwort ist ein blitzschneller Schlag in deine Magengrube. Du klappst zusammen wie ein Taschenmesser. Der nächste Hieb landet an deinem Kinn, und alles wird schwarz vor deinen Augen.
Als du wieder zu dir kommst, ist Xtras Luxuskarre weg. Die Kerle haben sie geklaut! Das war auch einfach, weil du ja die Autoschlüssel hattest.
Dein Boss wirft dich raus. „Du bist ja noch nicht mal in der Lage, auf ein Auto aufzupassen!", faucht er dich an. „Wie willst du dann den Besitzer beschützen?"

ENDE

116

Du senkst den Blick und schweigst. Oje, warum hast du dich nur so ungeschickt angestellt?
Die Quittung bekommst du umgehend. Du wirst noch einmal neu gefesselt, aber diesmal so, dass jede Bewegung unmöglich ist. Außerdem verpasst man dir einen Knebel.

Dann räumen die Täter das Haus leer und entkommen mit der wertvollen Beute.
Als du zwei Tage lang nicht erreichbar bist, macht man sich in der Firma Sorgen. Dein Boss Parker schickt einen Kollegen vorbei, der dich findet und befreit. Du bist ihm unendlich dankbar, weil du kurz vor dem Verdursten warst.
Dennoch bleibt Parker nichts anderes übrig, als dich zu feuern. Als Bodyguard bist du nämlich ziemlich kläglich gescheitert. Aber immerhin bist du am Leben ...

ENDE

Leseprobe aus dem
Ravensburger Taschenbuch 52625
„Die Drohne der 1000 Gefahren“
von Fabian Lenk

Yes, jetzt hast du sie endlich! Deine erste Drohne. Und was für ein tolles Teil! Es handelt sich um einen sogenannten Quadrocopter mit integrierter Kamera und Fernsteuerung. Die vier Rotoren können sowohl für Auftrieb wie bei einem Hubschrauber als auch für Vortrieb sorgen, indem der Pilot die Rotoren mittels der Fernsteuerung leicht neigt.

Okay, man kann das schöne Ding auch Drohne nennen. Aber Quadrocopter klingt bedeutend besser, oder?

Der elegante mattschwarze Copter ist genau das richtige Geburtstagsgeschenk von deinen Eltern. Schließlich liebst du alles, was irgendetwas mit Fliegen zu tun hat. Als kleiner Junge hast du Drachen steigen lassen. Danach waren es Spielzeug-Segelflugzeuge. Und klar: Später willst du unbedingt Pilot werden. Das mag auch daran liegen, dass dein Elternhaus ganz in der Nähe des Flughafens steht. Schon immer hast du gern zum Himmel geschaut und die mächtigen Maschinen beobachtet, die über dich hinwegdröhnten, mit Zielen irgendwo in weiter Ferne. Was muss es für ein Gefühl sein, ein riesiges Flugzeug zu beherrschen, es zu steuern und damit über schier endlose Ozeane und Kontinente zu düsen?

Ja, Fliegen ist dein Leben.

Und jetzt hast du dieses megacoole Teil in den Händen! Immerhin ein Anfang, denn du bist jetzt schon mal der Pilot einer kleinen Maschine und wirst gleich ...

„Tim, hörst du nicht?“ Das ist die Stimme deines Vaters.

LIES WEITER AUF SEITE 99

99

„Hä, was?“ Du warst so in die Betrachtung der schicken Drohne versunken, dass du ihn gar nicht gehört hast.
Dein Dad seufzt. „Wo bist du wieder mit deinen Gedanken, Tim? Ich sagte gerade, dass es bei Drohnen einiges zu beachten gibt!“
Oje, jetzt kommt bestimmt gleich ein endlos langer Vortrag, ahnst du.
Richtig, dein Dad nimmt dich ins Gebet. „Denk dran, Tim, die Drohne muss immer in Sichtweite sein.“
Ach nee, denkst du. Glaubt dein lieber Daddy wirklich, dass du das teure Ding entschwirren lassen würdest?
„Außerdem darfst du sie nicht über Wohngrundstücken und Naturschutzgebieten fliegen lassen“, fährt dein Dad fort. „Zum Flugplatz musst du einen Abstand von anderthalb Kilometern halten. Nachts darfst du nur mit einer Ausnahmegenehmigung fliegen und …“
Du hörst gar nicht mehr hin. Das weißt du doch alles! Aber dein Dad liebt es, solche Dinge runterzurattern. Eigentlich ist dein Vater wirklich in Ordnung, aber in dieser Hinsicht … Es wird daran liegen, dass er Lehrer ist.
Lass ihn reden, denkst du, und schaust weiter versonnen auf deinen Copter. Du möchtest ihn endlich fliegen lassen!

LIES WEITER AUF SEITE 9

„Zu militärischen Anlagen musst du einen Sicherheitsabstand von mindestens hundert Metern einhalten“, spricht der Herr Lehrer. „Das gilt auch für Menschenansammlungen, Krankenhäuser und Bahnanlagen. Klar, Tim?“

„Äh ja, sonnenklar!“, sagst du schnell.

Dein Dad blickt dich prüfend an. Dann seufzt er noch einmal und schüttelt den Kopf.

„Und jetzt gibt's Kuchen“, flötet deine Mom.

Du willst eigentlich keinen Kuchen (auch wenn deine Mutter wirklich die besten Torten der Welt zaubern kann), du willst die Drohne fliegen lassen. Aber es nützt nichts.

Eine halbe Stunde später ist es endlich so weit: Du darfst loslegen. Natürlich nicht daheim im Garten, aber ein Stück entfernt über einem freien Acker neben einem Waldgebiet. Du stehst auf der Straße und lässt die Maschine fliegen. Es ist wirklich faszinierend, wie schnell und sauber der Copter auf kleinste Bewegungen mit den beiden Joysticks reagiert. Der eine dient dazu, die Drohne nach links oder rechts zu steuern, der andere dazu, die Maschine auf- und absteigen zu lassen.

Der Copter surrt wie eine Hornisse, ist extrem schnell und wendig. Auf deinem Handy, das du mit der Fernsteuerung verbunden hast, siehst du die Bilder der 4K-Kamera, die an der Drohne montiert ist. Wow, das ist einfach nur cool!

LIES WEITER AUF SEITE 14

14

Plötzlich gerät eine andere Drohne in dein Blickfeld. Das pfeilschnelle weiße Ding surrt auf das nahe Wohngebiet zu, in dem auch dein Elternhaus steht.
Hm, seltsam, wieso dreht die Drohne nicht ab? Wie dein Vater schon richtig sagte, darf man die hübschen Geräte nicht über Wohngebieten fliegen lassen.
Du hältst nach dem Besitzer der Drohne Ausschau. In einiger Entfernung siehst du eine große Gestalt in der Nähe eines hohen Windrades, die wie du eine Fernsteuerung in den Händen hält.
Was ist das für ein Typ? Wieso setzt er sich über das Verbot einfach hinweg?

**WENN DU KEINEN ÄRGER RISKIEREN WILLST
UND DAHER DIE SACHE AUF SICH BERUHEN LÄSST,**
LIES WEITER AUF SEITE 81

WENN DU DEN FREMDEN ZUR REDE STELLEN WILLST,
LIES WEITER AUF SEITE 21

21

Du läufst auf den Unbekannten zu. Da rennt er davon. Es gelingt dir nicht, den Typen einzuholen.
Eine komische Sache, findest du. Ist der Mann vor dir weggerannt, hat er etwas zu verbergen? Oder war das bloß ein Zufall? Hatte es der Fremde einfach nur eilig?
Nachdenklich lässt du deine Drohne noch ein paar Minuten fliegen und gehst dann heim.
Zwei Tage später gibt es einen Einbruch im Nachbarhaus. Das erfährst du von Florian, dem Nachbarsjungen, der etwa in deinem Alter ist.
„Der Mistkerl hat die Terrassentür aufgehebelt und konnte so ins Haus eindringen. Am helllichten Tag!“, berichtet Florian entsetzt. „Der Fernseher ist weg. Der Schmuck meiner Mutter auch – und meine neue Konsole hat er ebenfalls mitgehen lassen. Das ist das Schlimmste.“
Dir fällt der komische Kerl mit der Drohne ein. Hat er etwa das Nachbarhaus aus der Luft ausspioniert, um den besten Weg zu finden, wie er dort einbrechen kann?

**WENN DU ZUR POLIZEI GEHST
UND DEN BEAMTEN VON DEINEM VERDACHT ERZÄHLST,
LIES WEITER AUF SEITE 45**

**WENN DU ERST EINMAL AUF EIGENE FAUST ERMITTELST,
LIES WEITER AUF SEITE 57**

57

Du bleibst wachsam und kehrst immer wieder zu dem Acker zurück, wo du den Fremden mit der weißen Drohne gesehen hast. Aber der große Mann lässt sich dort nicht blicken.
Eines Tages schnappst du dir wieder dein neues Lieblingsspielzeug und fährst mit dem Fahrrad zum nahen Feld.
Unterwegs hörst du das charakteristische Surren. Eine Drohne! Du schaust nach oben. Da fliegt ein Copter über dich hinweg zu eurer Siedlung. Ein weißer Copter. Dein Herz macht einen Sprung – ob das die Drohne von dem großen Mann ist? Bestimmt!, glaubst du.

**WENN DU SOFORT DIE POLIZEI ALARMIERST,
LIES WEITER AUF SEITE 84**

**WENN DU DEINE EIGENE DROHNE AUFSTEIGEN LÄSST,
UM DEN WEISSEN COPTER ZU VERTREIBEN,
LIES WEITER AUF SEITE 10**

Schon lässt du deinen eigenen Copter aufsteigen und ignorierst das Verbot, dass man eine Drohne nicht über bewohntem Gebiet fliegen lassen darf. Aber hier ist es schließlich ein Notfall, du willst eine Straftat verhindern.
Du schickst deine kleine Maschine also geradewegs zu dem weißen Ding.
Eine Schweißperle bahnt sich ihren Weg zu deiner Nasenspitze, als du der anderen Drohne ganz nah kommst.

Wusch! Das war knapp, du bist direkt vor der Nase des Copters vorbeigeschossen.
Der dreht ab, fliegt eine enge Kurve und ...
Oh nein, sie kommt von hinten direkt auf dich zu! Will dich das Ding etwa rammen? Soll es einen Luftkampf geben?

WENN DU DICH DEM KAMPF STELLST,
LIES WEITER AUF SEITE 78

WENN DU LIEBER FLIEHST,
WEIL DU ANGST UM DEINEN COPTER HAST,
LIES WEITER AUF SEITE 53

Das wollen wir doch mal sehen!, sagst du dir, während das Adrenalin durch deinen Körper schießt. Du bist schließlich kein Anfänger mehr!

Du weichst der Attacke aus, verblüffst den anderen Drohnenpiloten mit ein paar halsbrecherischen Manövern und treibst das Ding schließlich aus der Siedlung.

Der weiße Copter flieht zum Feld, auf dem auch du stehst.

Aha, der geheimnisvolle Pilot, der vielleicht ein Einbrecher ist, muss ganz in der Nähe sein.

Nur wo? Etwa hinter dem hohen Windrad?

Du weißt es nicht und konzentrierst dich lieber ganz auf die Jagd. Jetzt holst du die weiße Drohne ein! Yes!

Sollst du ihr einen kleinen Kick verpassen, damit das Ding abstürzt?

**WENN DU DAS TUST,
LIES WEITER AUF SEITE 15**

**WENN DIR DAS ZU RISKANT IST,
LIES WEITER AUF SEITE 29**